古典詩歌研究彙刊

第九輯

龔鵬程 主編

第 9 冊

唐代自然詩研究

李 漢 偉 著

國家圖書館出版品預行編目資料

唐代自然詩研究／李漢偉 著 -- 初版 -- 新北市：花木蘭文化
出版社，2011〔民100〕
目 2+174 面；17×24 公分
（古典詩歌研究彙刊 第九輯；第9冊）
ISBN 978-986-254-527-0（精裝）
1. 唐詩 2. 自然詩 3. 詩評
820.91 100001464

古典詩歌研究彙刊
第九輯 第九冊 ISBN：978-986-254-527-0

唐代自然詩研究

作 者	李漢偉	
主 編	龔鵬程	
總 編 輯	杜潔祥	
出 版	花木蘭文化出版社	
發 行 所	花木蘭文化出版社	
發 行 人	高小娟	
聯絡地址	新北市永和區中正路五九五號七樓之三	
	電話：02-2923-1455／傳真：02-2923-1452	
網 址	http://www.huamulan.tw 信箱 sut81518@ms59.hinet.net	
印 刷	普羅文化出版廣告事業	
初 版	2011 年 3 月	
定 價	第九輯 20 冊（精裝）新台幣 28,000 元	

唐代自然詩研究

李漢偉 著

作者簡介

李漢偉嘉義朴子人，一九五五年生。嘉義師專、高雄師範大學國文系、國文研究所碩士畢業。曾任國民中小學教師、國立台南大學國語文學系教授及教育部國語文教科書審查委員會主委。現任長榮大學美術學系教授。著有《國小語文科教學探索》《第二度學習──有關國小語文科教學四個命題的探索》《兒童文學講話》《台灣新詩的三種關懷》《台灣小說的三種悲情》《情何以堪──現代文學評論集》《樸雅吟社研究》《容於天地》。

提　　要

　　本書以「唐代自然詩研究」為題，共分七章完成。

　　第一章緒論。敘述研究動機、目的、範圍、方法與架構。

　　第二章唐代自然詩之義界。乃就傳統自然觀所衍化之文學觀，釐定其範疇與特質，以為本研究之根據。

　　第三章唐代自然詩之形成原因，乃背景之研究。此章分時代之外緣研究及作者之內因研究作探討。

　　第四章唐代自然詩之心靈境界探索。此章為全書重點之一，分為七節，拈出唐代自然詩之主體心靈普遍具有「沖淡」、「無我」、「曠達」、「疏野」、「空靈」、「和諧」及「生意」等境界。

　　第五章唐代自然詩之表現特徵，實為全書重點之二。擷出慣用且深具特殊之表現技巧有七：「形象語言、宕出遠神」、「詩中有畫、活靈活現」、「變化空間、別有韻致」、「捕捉光源、色彩明麗」、「泯除對立、空有而中」、「自然流動、往來千載」、「含蓄無我、自有高意」；皆能輕易且充分表現出自然詩所特有之心靈境界。

　　第六章唐代自然詩之影響。共分三節：一談對文學創作之影響；二是對文學理論之影響；三是對其他藝術之影響。期能於文化史堅固其地位而不失墜於萬一。

　　第七章結論。再次肯定唐代自然詩之價值，並揭示研究唐代自然詩不可不慎於「純粹白描」與「故作吞吐」之缺失。

目次

第一章 緒 論

第一節 研究動機與目的

　　始自民國六十年入學嘉義師專，十多年來從未間斷對山水繪畫的熱愛，也讓我特別喜好王、孟一派澹遠清靜以山水田園爲題材的自然詩，因爲從其詩境中足以開拓更美的畫境。緣此，在找尋論文題目時，首先就考慮到以自然詩爲研究的對象。

　　第二個原因是基於「寓傳統於創新」的理念，企盼現代人心能因古典之自然詩的啓迪而獲得整治。在物質文明高漲的今天，人們發現精神文明的空洞與失落，才自覺要尋回心靈丟失的伊甸園，期能從自然科學與人文科學的重新整合中，尋出一條「永生之路」。畢竟人類社會進步到一定階段——當社會生活與生存環境已不能滿足人們在精神生活方面的種種需要時——於是感情和理念的眼睛便在更大的廣度和深度上投向氣象萬千的大自然，去尋找美的形象和美的意境。〔註1〕尤其中國人的藝術心靈更早投向了自然，視自然山水是一美的整體。美在其形神兼備，美在情景交融的意境而見其天趣、物趣以及人趣，美在其客觀普遍存在的常理。〔註2〕要撫慰現代人受創與迷失

〔註 1〕見《中國園林建築研究》（台北：丹青），頁 30。
〔註 2〕同註 1，頁 32～46。

的心靈，唯有自然山水原始、樸質、淨潔的陶融與啓示，才能獲得最徹底的整治。

唐代自然詩乃是詩人內在的自然之情與大自然山川田園交融的結晶。透過自然詩不但可以展現自然淨潔的原始風貌，讓因文明而僵化了的人心有所觸發，更重要的是藉著自然詩好讓現代人能夠找回失落的自然意識，而有眞的展現，善的涵養，美的靈動。

所謂「寓傳統的創新」，乃是研讀古書舊籍好提供現代生活的生存觀，是我多年來深切的期望；像唐代自然詩所呈顯的精神境界，希望多少能提供現代人沖澹樸實的心靈。近幾年來世界各地普遍呼籲保護自然生態與自然景觀的維護，這可說是現代文明劇變中一個重大的自覺，其旨在爲現世的生存空間努力，亦爲子子孫孫留下美好的樂土而努力。倘若現代人能排除一切僵化的人爲造作，而保有精神層次的自然意識，能與天地萬物和諧如一，相信必更落實而獲得永恆的樂土。而這亦正是唐代自然詩提供現代人最主要的內涵。

第三個原因乃基於一般力主入世的勞動說者，以爲一切藝文都以廣大群眾、社會的利益爲依歸，而視士人出世隱逸於山林田園的行徑，只是歷史的「偶然」罷了。並且一概的否定，以爲是消極悲觀。他們總認爲正常生活是積極的、是用世的、是爲世的，甚至以爲山水田園文學的發生乃基於積極的正常生活因用世之心無法達成，才有此類隱逸的詩作。就其發生原因以及表現的風貌，都在爲馬恩主義代言，罔顧詩人內在的自然意識，更漠視大自然山川田園本有生機蓬勃的質性。例如劉開揚《唐詩論文集》論孟浩然說：〔註3〕

> 總的説來，他的詩的思想性是不高的，那是由於他的遠離
> 社會生活，因而他的詩就極其缺乏生活的氣息。而當隱士
> 不能忘情於世事時所寫出的詩，也就是他的作品中較動人
> 的作品。他的那些勻稱的沖淡的詩，我們讀起來味同嚼蠟。

〔註3〕見劉開揚〈論孟浩然和他的詩〉，《唐詩論文集》（上海：中華）。

他乃純以一切爲社會爲群眾的立場來看孟浩然，只肯定緊扣社會性的部分。陳貽焮〈王維的山水詩〉也說：〔註4〕

> 這一詩派的作家，借助于自然景物的吟詠，以表現消極的
> 思想感情，粉飾太平，逃避現實，他們創作傾向是不良的。

他甚至批評魏晉山水詩人，把不能面對現實社會者，一律歸之爲消極，直說是不良的創作傾向。

在社會主義教條的籠罩下，一切文藝的目的旨在服務社會，而視純藝術論的本質乃是唯心論，因其生命仍需寄託在現實社會之上的。他們認爲詩佛一派被動性的浪漫，乃至神韻派詩論，不僅誤人，也且自誤。有所謂少講「超塵絕俗」之論。〔註5〕所刻意的是社會派詩人，以反映民生疾苦爲主流，一切爲群眾爲人民。

卞孝萱、喬長阜合寫的〈大歷詩風淺探〉乙文中曾說：

> 一般地說，大歷詩人所描繪的山川景物，往往囿於京、洛、
> 江南一帶，很少涉及塞外風光，大歷詩人筆下的田園，往
> 往著意刻畫其寧靜悠閒，和平美好，偶然表現荒村晚照，
> 深秋落木的蕭瑟淒涼，很少反映動亂後的農村的凋殘破
> 敗。這是大歷時期多數詩作在思想內容方面的弱點，即題
> 材不夠廣泛，境界不夠開潤，現實性不夠強，從中很少看
> 到當時社會的瘡痍和統治者的荒淫，也很難聽到民眾的、
> 中小地主階層的聲音。〔註6〕

主張文學必然是社會生活的反映，更是普遍民眾現實生活的心聲。其實，文學作品的終極意義，不可把它限定在社會現實的層面，而要定在超越的層面。這超越的層面，在西方稱之爲上帝、神或絕對；在中國則名之爲妙理、道、性、眞或自然。〔註7〕我們不希望在文學史佔有重要一脈的自然詩，淪爲社會主義下的犧牲品，視爲歷史的「偶

〔註4〕見陳貽焮〈王維的山水詩〉，《唐詩論叢》（湖南：人民），頁144。
〔註5〕參見郭紹虞《中國文學批評新論》（台北：元山），頁129～137。
〔註6〕見卞孝萱、喬長阜〈大歷詩風淺探〉，《唐詩探勝》霍松林、林從龍編（河南：古籍）。
〔註7〕見龔鵬程〈文學的意義〉，《文學散步》（台北：漢光），頁106。

然」，而忽略其意義與價值。

第二節　研究範圍

素來研究唐代王、孟一派自然詩，大都是「作家的研究」或「詩派的研究」。不過，這也有些缺失，因為幾乎每一位詩人一生風格自有不斷的蛻變，像王維是詩史上公認典型的田園山水詩人，可是他在任監察御史遠赴邊塞時的作品，幾乎也是一典型的邊塞詩人。相反的，我們也可以發現像岑參富於進取，忠貞愛國，有經世的才幹，是唐代邊塞詩的重要一員，可是壯志未酬，在橫逆之中另有一番安身立命的修為，深知行藏之道，每能恬然自處，隨遇而安，或垂釣讀書以自娛，或探幽取勝而自遣，〔註8〕也寫了不少恬淡寧靜的自然詩作。譬如〈終南東溪中作〉云：

溪水碧於草，潺潺花底流。沙平堪濯足，石淺不勝舟。

洗藥朝與暮，釣魚春復秋。興來從所適，還欲向滄洲。

由以上的說明比較，我們似乎從作品來界定研究的範圍，可望比從作者下手來得更精當。可是，在面對「詩作」的背後也絕不可忘卻「詩人」本身背景的研究。

本文所利用的底本是清聖祖御敕之全唐詩。

然研讀的主要依據先後次序為：

1. 王士禎所選《唐賢三昧集》者。

2. 坊間中國文學史籍上稱之為唐代自然詩人、或唐代山水詩人、或唐代田園詩人者，如王維、孟浩然、儲光羲、裴迪、丘為、綦毋潛、祖詠、崔興宗、盧象、常建、劉慎虛、劉長卿、韋應物、柳宗元……等人之作品。

3. 唐代其他詩派之大家者，如李白、杜甫……等。

上述素材再根據唐代自然詩義界之「標準」，加以篩選，得出數

〔註8〕參見史師墨卿《岑參研究》（台北：商務），頁38～42。

百首自然詩來，作爲研究的直接素材。

第三節　研究方法與架構

在寫作過程中，我先有以下四個基本觀念：

1. 對作品的研究必須徹底的掌握到作者的心靈境界與生命情趣，一切的表現技巧與外在形式特色，都必須相應於此。
2. 文學作品的研究，「分析」大過於「歸納統計」。
3. 傳統對作品的分析，往往就詩人之社會、時代等背景因素來考量，常忽略了純以一個「人」來相看待，以「莊重」之心來「正視」它。本文在作品的探索中，亦不忘撇棄所有的外在因素，純以其自足完整的個體來分析其作品所呈現的世界。
4. 文學研究不能忽略歷史的省察而孤懸地討論，它必須落實在歷史的傳承上，它的發生與影響都能夠在歷史上獲得回響與印證。

本文是屬於作品的研究，就唐代以描寫田園、山水爲主的自然詩爲研究對象。根據上述四個基本觀念，首先釐出唐代自然詩的定義，闡明此類自然詩的範疇與特質，以資選錄詩作的「標準」。同時，在對此一自然詩的「作品研究」之前，先有「時代研究」與「作者研究」。對整個唐代自然詩發生的背景作一鳥瞰，試圖從歷史、政治、社會、思潮、繪畫藝術等因素加以探討。以及對詩人作探索，如經歷、性向、思想等因素，找尋詩人普遍撰寫自然詩的內在原因。這是第三章從「外緣」與「內因」談自然詩形成的原因，旨在「作品研究」之前，作一背景的分析與瞭解。

「作品研究」分成第四、五兩章。一從精神層面之境界探索，一從文學之表現技巧著手。第四章「唐代自然詩之心靈境界探索」談「沖淡」、「無我」、「曠達」、「疏野」、「空靈」、「和諧」、「生意」等境界，

並加以舉例說明，旨在強調自然詩普遍具有這些境界。第五章「唐代自然詩之表現特徵」談自然詩之所以有沖淡、空靈等風格，誠如上述七種境界，當中實有別具特色之表現技巧。標舉出「形象語言、宕出遠神」、「詩中有畫、活靈活現」、「變化空間、別有韻致」、「光的捕捉、色彩明麗」、「泯除對立、空有而中」、「自然流動、往來千載」、「含蓄無我、自有高意」等七節。

第六章唐代自然詩之影響，乃是作一歷史的省察，首先談對後世文學創作的影響，舉以宋詩、宋詞與元曲為例。第二節談對文學理論的影響，尤其是對司空圖、嚴羽、王夫之、王士禎，神韻一派詩論具有很大的影響，並列舉對文論、詞論、曲論的影響。第三節談及對其他藝術的影響，如山水畫、文人畫、園林藝術；證明唐代自然詩在整個文化史上不朽的地位。第七章結論，乃對唐代自然詩作一評價。

第二章　唐代自然詩之義界

　　在中國文學史上，詩因題材不同而分類，有所謂「田園詩」、「山水詩」、「宮體詩」、「玄言詩」、「遊仙詩」、「詠物詩」、「戰爭詩」、「邊塞詩」等，不勝枚舉。然定義某一類型作詩，倘只以寫作題材為準，不免掛一漏萬。謝榛《四溟詩話》以為「景乃詩之媒，情乃詩之胚。」（卷三）情是所有詩歌創作的共同本質。詩歌創作重要的是依作者內在主觀情意加以擇取的；或緣情，或言志。緣情活動乃是就外在現實種種的事物，予以一番內在情境的感受與察識，進而獲得一份反省，得以烘托對照出外在現實與內在情境。倘創作過程再有延伸，即「言志」，則必在反省內在情境與外在現實之餘，力求解決之道，使內在情境與外在現實得以協調。整個創作之評價標準是在於作者能否使外在現實，即題材歷經「情」「志」的活動後，能變成豐富的內在心象。〔註1〕準此，一首詩，作者內在的主觀活動實大過於題材本身。

　　要界定「自然」實不可純像西人華滋華斯以為是造物主之形而下的一種顯示，〔註2〕把純繪山水、純寫田園、又山水又田園、亦或是非山水田園卻屬描寫自然景色者，一併劃入自然詩，而忘卻詩人內在意志的心靈主體。

〔註1〕參見鄭毓瑜〈詩歌創作過程的兩種模式：詩緣情與詩言志〉《中外文學》十一卷九期。

〔註2〕參見杜國清中譯劉若愚《中國詩學》（台北：幼獅），頁76。

　　只關心於它與別類對象不同的消極解說，並不能周延「義界」，更重要是明確的指出它自身構成的積極條件，然後才能對它的意義，有完整的掌握具體的討論。本文所研討的課題是唐代自然詩，其時代斷限當在唐代，然其背景則是中國幾千年的文化傳統，因此，在探究其表現必須依附在中國思想的脈絡上，才不致混淆甚至背道而馳。同時可以爲唐代自然詩創作之藝術思想在歷史文化上作定位的工作。

　　本章義界自然詩之前，先就先哲自古以來的自然觀作一初探，並對「自然」成爲文學理論的重要觀念加以省察，期能獲得相應於唐代歌頌山水田園詩篇之創作原理，歸結出唐代自然詩的義界。並試圖作深一層的演繹，羅列唐代自然詩的特質，使範疇更爲明確。

第一節　釋自然

　　呂興昌〈人與自然〉乙文中，曾以方東美、唐君毅之觀點綜合中國先哲心目中所體認的自然，約有四層意義：

1. 自然之中，萬物無永相矛盾之理，而有經由相互感通以歸中和之理。
2. 自然乃是普遍生命創作不息的大化流行。
3. 自然是一個將有限世界點化成無窮空靈妙用的系統。
4. 自然是一個盎然大有的價值領域，足以透過人生的各種努力加以發揚光大。〔註3〕

　　「自然」即是一普遍生命可以互相感通之大化流行之體，亦是一無窮空靈妙用，即是「體」又是「用」。

　　顏崑陽對「自然」一詞的意義，歸結其指涉，更濃縮爲三，他說：

1. 非人爲之客觀物質世界，即一般所謂「自然界」；
2. 物物各自己如此之生化或存在；

〔註3〕見呂興昌〈人與自然〉《抒情的境界》（《中國文化新論・文學篇》（一）台北、聯經），頁126～130。

3. 無造作之心靈境界。

而中國所謂「自然」常指後二義，此二義又非截然無涉，必主體心靈自然而不造作，然後能觀照物物各自己如此之宇宙自然秩序。而主體之自然心靈，亦可視爲人之自己如此的客觀眞實相。故中國思想上，這主客二義之自然，其終極必合而爲一。〔註4〕

「自然」應包括宇宙間所有非人爲造作的現象，是屬具體的物質層次，即自然景物，所謂的「自然界」。同時，它亦是諸現象非人爲造作的實在，是屬抽象的精神層次，即自然意識。一爲現象上的指涉，一是對現象之上的本體的描述。二者唯有層次上的不同，但卻互爲表裏。尤其道家思想特別提倡「自然」。《史記》〈老莊申韓列傳〉云：「莊子散道德放論，要亦歸之自然。」以爲「自然」不只在於指向自然的現象世界，亦在於指向自然意識的修持。我心自然則萬物莫不自然，自然可視爲一種心靈境界。〔註5〕所謂：

> 當主體心靈能無爲而自然，以順隨宇宙萬物的自然本性及
> 自然變化之理，便呈現一種自然境界。〔註6〕

魏晉六朝，道家之自然思想尤爲盛行，而純文學與文學理論也適時成立，哲學思想很自然地影響到文學理論，故「自然」也成爲文學理論之一重要觀念。〔註7〕

顏崑陽自劉勰《文心雕龍》之〈原道〉、〈明詩〉、〈麗辭〉、〈隱秀〉中釐出「自然」一詞在文學理論上已諸義兼備，形成一觀念系統，其涵義大致有四：

1. 用以描述文學之實現原理。

2. 用以描述文學對象「自己如此」之眞實相。

3. 用以描述文學主體心靈情性之不假造作。

〔註4〕見顏崑陽〈自然〉《文訊》第十九期。
〔註5〕見顏崑陽《莊子藝術精神析論》（台北：華正），頁19。
〔註6〕同註5，頁204。
〔註7〕同註4。

4. 用以描述文學語言形式之不假雕飾或雕飾而復歸自然。
〔註8〕

後世大多偏重上述第二、三、四義。尤其強調主體心靈情性與語言形式之自然。文學表現乃是主體情性、客觀對象以及語言媒介三者的有機關聯，三者皆能「自然」，則作品才能達到「自然」之境。〔註9〕

第二節　所謂唐代自然詩

唐代王、孟一派詩作，最大的特色在於上節所言：除了能兼顧到所取的客觀題材是自然景物外，在詩人的內在的主觀情性能不假造作，所使用的語言形式表現亦能不假雕飾。誠如林綠〈三種自然詩〉所云，有純粹客觀田園山水景致的描寫；有所謂「情物合一」，情景交融，從自然的山水田園中，使人讀出詩人的情愫，詩人宣洩了喜怒哀樂悲歡離合的自然之情；亦有所謂「物我合一」，使人泯除物我，得見詩人與大自然整體的自然生命。〔註10〕

唐代詩人已解脫六朝以來山光水色田莊園舍自然景物的次要襯托地位，使之成為主位的美感觀照的對象。葉維廉說是由現象的認知與感受，去尋求迹近自然現象律動變化的表現。〔註11〕

此類詩作往往都有隱逸的風格，一般人總以為那是逃避現實，而傅述先則辨稱那是詩人不斷的在重新調整「自我」、「自然」與「社會」的關係。「自我」即是詩人把握那當下「直尋」、「直致」的性情；「自然」是指涉自然景物本質上的原原本本；「社會」乃是對現世僞為造作的反省──剝撕掉城市的塵囂、官場的逢迎，案牘的勞形，而皈依自然。〔註12〕

〔註 8〕 同註 4。
〔註 9〕 同註 4。
〔註10〕 參見林綠〈三種自然詩〉《林綠自選集》（台北：黎明）。
〔註11〕 參見葉維廉〈中西山水美感意識的形成〉《中外文學》三卷七期。
〔註12〕 參見傅述先〈張心滄的中國文學研究〉《中外文學》七卷四期。

　　周策縱談及「自然境界」，則偏重在「當下美」，景物與人的關係上；當詩人猝然情景相遇，所謂「直尋」、「直致」、「如在目前（不隔）」，使自自然然的景物，獲得當下最自然的呈顯。〔註13〕

　　以上略述數家既中肯且頗能觸及唐代王、孟一派的表現原理。然卻未見周延的直指出「自然詩」是什麼。

　　根據上一節自文化傳統思想脈絡上之自然觀，衍化引申文學理論之「自然」，來省察唐代王、孟一派之詩作，可以發現「自然詩」是詩人內在主體情意不假造作的自然意識，與之田園山水之大自然相交融，而呈現萬物自己如此之生化與存在（既能流露自然的律動與變化，亦表現物我合一的存在），其語言表現技巧是不假雕飾的。

　　詩人內在主體之自然意識是一「虛」體，它必須通過「情景交融」藉外在自然萬物之「實」體來表現。我們不妨試著說自然詩關涉著兩層意義：折射現實（自然之田園山水景物），表現理想（詩人之自然意識）。然它既是現實，亦是理想。詩人之主體自然情性予自然景物以精神與生命，而自然景物也給人之自然情性以實體與形式。

　　自然詩不應是未進入認識世界的思維活動之前的童心感應，而是在語言與心智活動之後，對大自然田園山水的生化，作無條件的認可，同時，摒棄了一切語言與心智的活動，不以主觀的情緒及知性的邏輯介入，去擾亂自然景物內在生命的生長與變化的姿態。〔註14〕自然詩所展現的是自然形象與之詩人內心底層相契的那一份令人神往的精神，亦或說是天（自然物）、人（詩人）圓融，個人泯化於自然之中兩相交融的安頓之感。〔註15〕顏崑陽談「藝術境界之證入」的結語，頗可佐證自然詩之創作原理：

　　　　使主體精神證入自由無限的藝術境界，必定要消解一切夾

〔註13〕參見周策縱〈詩詞的當下美——論中國詩歌的抒情主流和自然境界〉《聯合文學》第八期。

〔註14〕同註11。

〔註15〕同註3，頁121。

纏者知識與慾望的心靈活動，使心靈回歸到最初的自然純
淨的境地──本原能識。然後即體以顯用，以此本原能識
直觀萬有，圓照物物各在其自己之實相，而此物物各在其
自己之雜多，又復無迎無拒地諧和爲一渾然之整體。〔註16〕

「本原能識」消解一切主觀情意與知性邏輯之介入，而有自然意
識，是自然詩之第一要素，至於所面對的田園山水則是第二要素。而
主客合一，情景交融的「直觀」（自然觀照），不但是自然詩之第三要
素，也是一個重要的關鍵。自然詩之所以扣緊田園山水之大自然景物，
而得以呈現自然之情，全賴它的運作。我們不妨舉一例，視其自然觀
照之所在（柯慶明舉以王維〈竹里館〉討論唐代山林詩之異域情調）：

〈竹里館〉裏意識到「深林人不知」的寂寞之後，發現的竟
是「明月來相照」，在山林詩中重要的反而不是人與人的關
係。在這類詩中自然存在只是自然存在本身，「明月」就是
「明月」，恆中如是的「明月」自身，「空山」是「空山」，「春
澗」是「春澗」，它們並不涵帶人類的歷史意識，也不是介
入人們情感連繫的媒介或阻隔。在山林詩中，人的孤寂不但
是一種追尋的結果，而且本身即是一種目的。因爲尋求的正
是這樣能夠免除特殊的情慾牽絆，因而能夠讓心靈對一切開
放的自由，一種在孤寂才能品嘗，一種必須把自我安放在圓
心，而把萬物安放在等距離的圓周上才能體會的自由。因此
這種孤寂正是一種絕對的自我存在的意識，同時山林所顯現
的遼濶與空曠正是充分體現一己生命，使自我的本性得以充
分伸展，心靈得以無限開放的必要條件。在這種特殊的孤寂
中，人對於其他的一切存在只有共同存在的意識，卻無特殊
情欲的牽掛。因此遂能視萬物爲萬物自身的充分讓自己的意
識開放的去體察萬物，並且在這種體察中萬物既無奇異也無
陌生，只有各依本能而在，各就本性而生，在時空之中自是
自然的演化、活動、延續、消逝，最終所體悟到的則是一種
宇宙內在終極的和諧，一片流化不息的天籟。因此，「明月」

〔註16〕同註5，頁280。

的「來相照」和「人」的「知」似乎並無不同，而人和桂花
自可共享「寂寂」。就在情欲的牽掛解脫爲共同存在的意識
的這種心靈開放中，人不但體驗到眞正的內在的和平與自
由，而且開始與自然存在建立起一種眞實的親密關係。這種
與自然存在的親密關係的意識幾乎是一切山林詩作的表現
基礎。〔註17〕

欣賞是創作的還原，我們體會〈竹里館〉中的和平、自由與親密，這
正是詩人透過「直觀」，藉自然景物呈現自然之情的創作歷程。

　　唐代自然詩第四個要素是語言形式的不假雕琢，用字淺顯平淡，
句式、章法也不刻意安排。

　　至此，似乎我們可以得到一個概念：

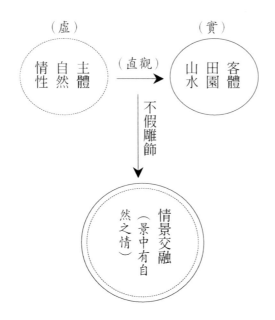

　　「景中有自然之情」可說是檢驗自然詩最直接的方法。景乃指大

〔註17〕見柯慶明〈略論唐人絕句裏的異域情調：山水詩與邊塞詩〉《境界的
　　　　再生》（台北：幼獅），頁 202～203。

自然山水田園，自然之情當指不假造作之率眞、清淨、沖澹、和諧的情意，更是宇宙緜延不絕的生意。因爲這自然之情不單是詩人內在主體所有，更是大自然景物的展現。因此，一首詩倘有自然之情，但並不指涉描繪大自然山水田園，仍不屬自然詩之範圍。相反的，一首詩以山水田園爲題材，但無所謂自然的意識與情性，那更遑論是自然詩囉。

第三節　唐代自然詩的特質

　　經過上一節的研討，我們爲自然詩下了定義，直說自然詩是什麼。本節試就這個基礎，再談它的特質，分下面四項來談：

一、主客合一

　　詩人親歷現景的空間條件，乃是自然詩的先決條件。寫山巖溪石流水瀑布，或描繪花草樹木田園，乃至青山飛鳥浮雲，純樸靜謐鄉居生活，詩人或親臨，或旁觀，都必在此實境之中。司空圖二十四《詩品》稱「實境」爲：

　　　取詩甚直，計思匪深。忽逢幽人，如見道心。
　　　晴澗之曲，碧松之陰。一客荷樵，一客聽琴。
　　　性情所至，妙不自尋。遇之則天，泠然希音。

　　程兆熊曾剖析以爲「在實境裏取語儘不妨眞，在實境裏計思卻不必深，但於此不必深處，卻忽然之間，逢到幽人，恍惚之間，見到道心，這會是在晴澗的曲水之旁，這會是在碧松的濃陰之下，荷樵的荷樵，聽琴的聽琴，一切是性情作主，一切是性情所至，儘不必安排，儘不必尋找，實境會自天而來，在那裏有的是清明，有的是泠泠，在那裏好像有一種聲音，但又好像聽不到，這就是所謂實境，一切在那裏是悠悠然。」﹝註18﹞唯其在實，故取語須直；又唯其是原原本本的現景，故又能無心隨化，如見道心。詩人值此眞如的實境，亦必純然只作迹出自然景物之一種不加解說的肯定。但並非只作形象眞實的素

﹝註18﹞見程兆熊〈中國田園詩的精神〉《人生雜誌》十四卷三期。

描，它更把平實的生活經驗，轉化爲生趣盎然的美感世界的事實。含有主體情性與之客觀萬物的交融。例如王維〈鳥鳴澗〉：

> 人閒桂花落，夜靜春山空。月出驚山鳥，時鳴春澗中。

王維不假主觀知性解說，亦不純以客觀的對象來觀賞，而是在當下主客的參贊中，如實的分享了自然景境的一切。當中，乃經由經驗的轉化，能以一種超然的心靈面對這些景物，從板滯的生活經驗，轉化爲休閒生趣的美感經驗，獲得沖淡靜謐眞如的化境。〔註19〕

又如王維〈辛夷塢〉、〈欒家瀨〉：

> 木末芙蓉花，山中發紅萼。澗戶寂無人，紛紛開且落。

> 颯颯秋雨中，淺淺石溜瀉。跳波自相濺，白鷺驚復下。

詩人面對自然的種種景物，由於處在實際利害關係之外，忘知亦忘己，一併忘掉身處的俗情俗世，無所用意的當下，呈顯虛靜之心，能夠與景相遇，誠如莊子「以神遇而不以目視」（養生主）。此刻，其精神所含不僅是某一特定具體的藝術對象，而且是涵融著整個世界，無異於全天地萬物。〔註20〕譬如韋應物〈寄全椒山中道士〉：

> 今朝郡齋冷，忽念山中客。澗底束荊薪，歸來煮白石。
> 欲持一瓢酒，遠慰風雨夕。落葉滿空山，何處尋行跡？

以及〈秋夜寄丘二十二員外〉：

> 懷君屬秋夜，散步詠涼天。空山松子落，幽人應未眠。

同爲山中懷君念客之作，兩首皆言「落」，然而其妙即在此層層落葉、以及松子零落之中，見出空靈。它不僅代表詩人所面對的特定實境的描述，亦是泛時空普遍萬物的現象，更是詩人秋殘的一份心境。

二、眞情流露

自然詩不外乎是一種眞情實感的當幾流露，通過「眞」，而獲得了「美」、「善」。簡言之「要絕無一點矯揉雕飾，把作者的實感，赤

〔註19〕參見呂興昌〈從無弦琴談陶淵明的田園世界〉《中外文學》十二卷五期，及註3皆對經驗的轉化有詳論。

〔註20〕參見徐復觀《中國藝術精神》（台北：學生），頁119～131。

裸裸地全盤表現。」〔註21〕

顏崑陽以爲「形上實體或原理之眞」、「萬有生命情性之眞」、「萬有生命形象之眞」等三層眞實，是藝術成其爲藝術的必要的眞實，可稱之爲藝術的基性。〔註22〕他分主、客二方面探討：

1. 客體方面

對客體的追求，先是求其外在形象之眞「形似」，再求其內在性情之眞「神似」。由客體形象的寫眞轉而爲主觀意境的寫意，進而追求主體心靈的眞誠。〔註23〕

2. 主體方面

誠如儒家講「誠」，道家說「眞」。中國一向重視藝術主體之眞。詩作乃是詩人內在生命性情的表現。〔註24〕他更說：「藝術的終極，必以形上之實體爲其最高之依據，而以萬物之眞實性情爲其內涵，及眞實形象爲形式，而由道而物性而物象，這一貫眞實的掌握，則又取決於主體內在心性之眞實與否。」〔註25〕

論定文學之眞，同時意指到本質義與呈現義：內在的感情與感情的表達二者層次分明。詩人生命內在一份永恆不變的普遍眞誠，由於他應幾而生，加上世間景境事物刹那密移，所以這份內在眞誠的表現亦各有不同，都是獨一無二的。〔註26〕自然詩之所以爲自然詩，亦即在於詩人的眞實瞭解，以及因這眞實的瞭解而產生的眞實的感動，渾然天成，當幾流露。

主體表現態度之自然，第一階段是「眞」，第二階段是「虛」。《抱朴子‧辭義》「知夫至眞，貴乎天然。」天眞與自然常並舉成文。內

〔註21〕見梁啓超《陶淵明》（台北：商務），頁2。

〔註22〕同註5，頁97～99。

〔註23〕同註5，頁102。

〔註24〕同註5，頁105。

〔註25〕同註5，頁113。

〔註26〕參見曾師昭旭〈論文學的眞與假〉《文學的哲思》（台北：漢光），頁55～61。

在性情眞實無僞，除名利除成見，仍進不到普遍生命深廣的境域中，它必須更進一境至「虛」的境界。「虛」是無限的包容性，涵攝了整體宇宙自然之生命。只有主體的表現態度，從「眞」的基礎上，躍昇到「虛」的階段，「自然」的眞境才能完全呈現。〔註27〕

「眞」的境界，其實亦可謂宇宙間的最高共同心靈。詩人見宇宙自然景物之眞，亦當機流露眞情實感，同心同感且同體。「行到水窮處，坐看雲起時。偶然値林叟，談笑無還期。」（王維〈終南別業〉）坐看雲起，談笑無還，都能神契貌合「行」、「値」之間，即在詩人充分掌握到眞的境界。

三、田園、山水與隱逸兼融並蓄

從文學史的角度而言，自然詩確實是魏晉以降集田園詩、山水詩、隱逸詩於一體。

所謂「自然詩」亦可是集「山水之美」、「田園之淡」、「隱逸之閒」；以大自然的「景觀」（山水）爲主，以大自然的「生活」（田園）爲主，以大自然的「生命」（隱逸）爲主，故可遊山水而樂此不疲，可住田園而以盡天年，可爲隱逸而終生不仕。〔註28〕田園山水足供安身立命以終天年，而隱逸足以自由而眞實的生命，賦山林田園以靈性，如此亦可歸結到原本「自然」的一般詮釋之上，大到指整個宇宙即「形上實體或原理之眞」，小得僅指個人的性情心靈即「萬有生情性之眞」，乃至一種至善至美如如化境的生活方式，即「萬有生命形象之眞」。

山水詩之「山水」原有三層意義：〔註29〕

一、山水是一切大自然景觀的「簡」名，因爲「山靜水動」足以
　　蓋括宇宙各種剛柔虛實。

二、山水是一切大自然景觀的「雅」稱，因爲「山明水秀」足以

〔註27〕同註5，頁311。
〔註28〕參見吳可道《空靈的腳步》（台北：楓城），頁76。
〔註29〕同註28，頁78。

代表天下各種綺麗美景。

三、山水是一切大自然景觀的「主體」，因爲「山高水長」足以
顯示大自然的永恆長在。

簡言之，「山水」詩必須涵蓋於內在的動靜外在的綺麗明秀，以
至表現形而上的永恆普遍存在的「山高水長」。可是六朝往往流於以
遊覽的刺激來滿足美感的需求，以雕琢的詩句來表現生命的激盪，作
不自然的詩來歌唱山水自然。如《文心雕龍‧明詩》云：「宋初文詠，
體有因革；莊老告退，而山水方滋；儷采百字之偶，爭價一句之奇，
情必極貌以寫物，辭必窮力而追新；此近世之所競也。」〈物色〉篇：
「自近代以來，文貴形似，窺情風景之上，鑽貌草木之中。吟詠所發，
志唯深遠，體物爲妙，功在密附。故巧言切狀，如印之印泥，不加雕
削，而曲寫毫芥，故能瞻言而見貌，即字而知時也。」

田園詩不同於農家詩只純粹客觀地報導並描繪農村生活，也不同
於農民詩專於悲憫農民疾苦，代農民發言，抒抱不平，進而類似於社
會詩派；田園詩敘述田園農村生活，但最重要的它特別強調人的精神
價值與心靈自由，即沖淡與和諧。吳可道說：

> 山水詩以「興」與「景」爲主，所追求的是外在感官世界
> 的「唯美」。田園詩則以「人」與「心」爲主，要完成的是
> 內在心靈世界的「和諧」。〔註30〕

集田園與山水二者，可說是更進一步在於「寫實」與「寫心」的交織。

田園詩是主觀的自然主義文學，積極地嚮往大自然，以求內心與
外界的調和。山水詩是客觀的自然主義文學，借大自然的靈秀來治「泉
石膏肓」，療「煙霞痼疾」。文學中並沒有什麼「隱逸詩」，它乃一籠
統的泛稱，是一思想而非題材。〔註31〕吳可道又說：

> 如果隱逸詩的內容完全只是一些狹隘的憤世嫉俗或消沈
> 的厭宦棄官，那也就比遊仙詩更空洞、更單調，比玄言詩

〔註30〕同註28，頁80。

〔註31〕同註28，頁70〜90。

> 更迂腐、更教條了。所以，當隱逸思想跟幽雅的山水以及
> 寧靜的田園結合之後，隱逸詩才有踏實的內涵和高雅的意
> 境。〔註32〕

> 隱逸是中國政治、社會、歷史、文化所造成的一種特殊之
> 「觀念」和「人物」，更難得的，它也是一種不帶宗教色彩
> 的個人之「靈修」生活方式。〔註33〕

是理想的，也是實踐的，亦是深入的體驗（生活），又是超越的完成
（生命），誠是自然詩不可少的要素。

吳可道以為隱逸詩含有：

一、所有「隱型」人物的詩歌作品。

二、凡無意於功名，不參與政治以及厭倦仕宦或城市（塵世）生
活，而嚮往山林、原野、田園、大自然者所抒發的心靈之歌。

〔註34〕

一是「隱形」，一是「隱心」。二者不可偏廢，誠如王維人未隱而
心已隱，孟浩然卻是身隱而心未隱。

從以上三者的衍釋，我們可以小結的說，「隱逸」是依附「田園」
與「山水」之中，而不單獨存視，但斷不能否認忽略它。「田園詩」
重在表現自然與人之間的和諧，「山水詩」則重在表現自然景物的「物
色」，而「自然詩」則可謂集隱逸、山水、田園於一身。

四、意蘊象中

當面對物物自然呈現，主體心靈能無為而自然，能真能虛；然而
在藝術境界的表現上，藝術媒材的運用，亦必然是貼切在「自然」的
真義上。

藝術媒材運用之自然，主要是在於「超越」，不受制於媒材。
司空圖文集卷三〈與極浦書〉「象外之象，景外之景」即是。最重

〔註32〕同註28，頁82。
〔註33〕同註32。
〔註34〕同註28，頁87。

要的是「主觀決定判斷不可介入媒材的傳達作用」，〔註35〕如由感性欲望而來的情緒渲染，知性成見而來的邏輯分析。倘主觀之意凌駕了客觀之象，此象已非自然原貌。如此即傾向於個人表現觀念，如王國維所謂「有我之境」。自然詩必是主觀之意，經過提昇超越，消解了個人的情緒，至於與自然之道同流。「心」、「物」合一，「象」中似未著「意」，實則「意」已隱於「象」中，「意」與「象」不復主從關係，此乃無我之境「以物觀物，故不知何者爲我，何者爲物」（王國維《人間詞話》）。

　　葉維廉曾說：「素樸自然胸襟的詩人，在詩作裏逐漸剔除演義性、解說性的程序。增高事物並生並發的自由興現，向我們提供了一種獨特的、不刻意調停、盡量減少干擾的表達方式來接近自然現象的活動。」〔註36〕

　　例如王維〈辛夷塢〉及柳宗元〈江雪〉，顏崑陽解析爲：

> 不使用分析性、指陳抽象概念的符號語言，而使用暗示性，烘托具體境界的意象語言。在意象與意象之間，也沒有介入「因爲…所以」等因果關係的決定判斷。

> 詩人只是將這自然秩序，不經判斷地映現出來，讓鑒賞者能自由無限地去參與這項美感經驗。〔註37〕

其實，雖「無我」的自然現象，畢竟仍是在「我」的澄觀中映現，「我」未被突顯於現象之表，卻已自涵融於「象」中。

小　結

　　從傳統自然觀衍化之文學理論來看，唐代自然詩乃是唐代詩人基於內心世界之眞純無僞，親歷山水田園之上並以之爲題材，喚起美感經驗而流露「物以情觀，情以物興」的詩作，不僅描繪自然景物，也

〔註35〕同註5，頁325。
〔註36〕見葉維廉《飲之太和》（台北：時報），頁260。
〔註37〕同註5，頁332。

表現出人與自然冥契的生命情調。更精要地說，唐代自然詩是大自然
直觀感相的捕捉，更是大自然活躍生命的展現，以致有最高靈境的啓
示。

第三章　唐代自然詩之形成原因

　　中國是詩的民族，唐朝是詩的時代。詩發展至唐，氣象萬千，已達圓熟的境地。西元八世紀前半期，詩壇尤為熾熱，重要的有王、孟一群，愛用「靜」、「澹」、「閑」、「遠」一類字眼，用閑靜之心去觀賞、描摩、反映大自然，寫出不朽的自然詩來。除了王維、孟浩然外，較重要者為儲光羲、裴迪、丘為、綦毋潛、祖詠、元結、顧況、丘丹、嚴維、暢當、朱放、皎然、秦系、章八元、張志和、崔興宗、盧象、常建、張子容、劉慎虛、王縉以及劉長卿、韋應物、柳宗元等人，蔚成風尚。能夠形成如此大宗派，共同嚮往田園山水、徜徉流連，立於唐詩之一席，必有根深柢固的因素在。本章談自然詩形成的原因，個人試從「外緣」與「內因」兩方面加以探究。

　　所謂外緣，乃泛指政治經濟、社會風氣、地理環境、文藝思潮以及歷史傳承等因素，是屬於外在的影響。所謂內因，乃指詩人個性使然，本有於個人內在的心性懷抱以及一生行徑的遭遇，所交織而成者。誠如《後漢書‧逸民傳序》云：

> 或隱居以求其志，或回避以全其道，或靜己以鎮其躁，或去危以圖其安，或垢俗以動其概，或疵物以激其清，然觀其甘心畎畝之中，憔悴江海之上，豈必親魚鳥樂林草哉？亦云性分所至而已。

面對同樣的時代環境，各有不同的風格產生，各有不同的喜好程度，重要的是詩人本身性分所至；唐代倘有再好的外在環境供以調習，而沒有詩人內心世界的碰觸感應，那也成就不了自然詩風。每一位詩人值此環境，所浮凸彰顯出自然的境界來，都有其個別性。關於此方面的討論，容後予以評述。

第一節　外　緣

　　唐代自然詩形成的外緣因素，主要有歷史、政治、社會、思想以及詩畫藝術等，茲分述如下：

一、歷史的原因

　　西洋人主張征服自然，將自然與人分離為二，視自然為敵。中國人則以自然山水為友，與自然心領神會，和諧共處，進而合而為一。

　　《論語·雍也》云：「仁者樂山，知者樂水。」《莊子·知北遊》云：「山林與，皋壤與，使我欣欣然而樂與。」春秋戰國儒道即崇尚自然親愛山水。然而中國人在文學的表現中，直到魏晉以降，才對自然真正的獲得覺醒。從僵死的名教框限中跳出，山水田園的題材由襯托的地方騰升為主位的美感觀照的對象。〔註1〕詩人與自然為伍，與自然親近，欣賞它，遊陟它，操觚則兼有靈山秀水。

　　魏晉玄學興盛的結果，引起了中國藝術精神的普遍自覺。魏晉時代人們開始在文學中主動地追尋自然，並且要在自然中安放人生的價值。於是相繼出現了陶淵明的田園文學，謝靈運的山水文學。〔註2〕以田園、山水為主位的題材詩，在中國詩史上，當以東晉陶淵明及謝靈運的田園山水詩為最完整的開始。唐代自然詩承繼此一傳統，可說

〔註1〕參閱葉維廉〈中國古典詩和英美詩中山水美感意識的演變〉《比較詩學》（台北：東大），頁145。以及丘為君《自然與名教》（台北：木鐸）。

〔註2〕參見徐復觀〈中國畫與詩的融合〉《中國藝術精神》（台北：學生）。

是不爭之事實，沈德潛《說詩晬語》云（卷上）：

> 陶詩胸次浩然，其中有一段淵深樸茂不可到處。唐人祖述
> 者，王右丞有其清腴，孟山人有其閒遠，儲太祝有其朴實，
> 韋左司有其沖和，柳儀曹有其峻潔，皆學焉而得其性之所近。

陶淵明爲田園詩之第一人，用淺白平易文字，描寫農村田園的日常生活，與沖澹淳樸的自由思想，爲唐代詩人們欣羨不已。如王維〈渭川田家〉，孟浩然〈過故人莊〉，儲光羲〈田家雜興〉，皆是同調，寫出田園生活的閑適和樂趣。更甚的，如韋應物冠以學陶爲詩名「效陶體」「效陶彭澤」等。而謝靈運更把詩的領域拓展到自然山水之上，表現宇宙自然崢嶸浩瀚的激盪與奔騰，帶動後代山水文學的風氣，豐富了唐人寫詩的題材。

林文月《澄輝集》曾說：

> 文學史上素稱淵明爲「田園詩人」，靈運爲「山水詩人」，
> 陶詩確有田園之平易曠達的精神，讀其詩如漫步於廣濶的
> 平原，悠然自在，情趣盎然；謝詩則頗有山水之深峻浩渺
> 的容態，讀其詩如攀山涉水，須費神費力，但是美境卻在
> 山之頂，水之涯，絕不是一個人能在平地之上時所能領會
> 得到的。〔註3〕

他們分別在清麗靜穆的田園裏，找到寧靜性分的適合與慰藉，在奇突壯偉的山水裏，獲得了個性的解放與寄託。一靜一動，一性剛明道，一陰柔深情。二者的不同就在他們承受文學的傳統的差異。「正始系詩風的玄哲的探討，託意的邈遠，文字的白描，是符合於田園的清明、空曠。太康系詩風的雕章琢句，文尚辭采，哲理的遺棄，是符合於山水的崢嶸、浩瀚。一邊是象徵著理智的線條，一邊是象徵著理智的意蘊；一邊是理性的透視，一邊是直覺的獲得；一邊是宇宙情趣的和諧寧靜，一邊是宇宙生命的激盪翻騰。」〔註4〕只要能貌合神契於大自然，或和諧寧靜，或激盪翻湧，都是自然的至眞表現。這一個詩源的

〔註3〕見林文月《澄輝集》（台北：洪範），頁70。
〔註4〕見郭銀田《田園詩人陶淵明》（台北：華新），頁37～38。

傳統，可以說是最直接最深入於唐代自然詩人生命之中。

　　唐代自然詩人們之所以欣慕陶、謝二人，恐怕重要的不是在乎「田園」、「山水」的判別；不是自然界，而是那份自然境界。林文月又說：

> 「田園詩人」四字並不足以盡陶淵明，「山水詩人」四字亦
> 不足以盡謝靈運……，他們的詩在田園山水之外更表現著
> 深刻的思想與豐富的感情，換言之，他們是藉著田園山水
> 而表現全人類的以及個人的感情思想。〔註5〕

既是個人的又是全人類的感情思想，方足以使詩作永垂千古，光耀後世，成就自然詩之生命。唐代自然詩作往往也以此爲基礎，承繼此一詩源，更甚的，如林文月〈中國山水詩的特質〉云：

> 雖然唐代自然詩在血統上稟承了陶謝詩之遺質，但是滋長
> 發育的結果，卻形成了獨立而不同的風格。唐代的自然詩
> 多數已打破情景的界限而交融爲一體了。〔註6〕

「正始的田園」與「太康的山水」。陶淵明白描直敍的素朴風格，語詞組織不求奇變。謝靈運寫景細膩琢磨，讚頌自然之美。二者當然也影響了唐代詩人詩作的形式（表現技巧），可是，自然詩內容勝於形式，得意忘言的精神，同時更在陶、謝二人的身上影響著後代。例如謝靈運充分的描繪：形容自然神奇雄偉，刻繪自然之優美靈秀，摹臨風光音響，描繪光彩色澤，以及草木花卉鳥獸的敍寫之餘，其詩篇往往有一定的結構；由記遊、寫景、而興情、悟理。〔註7〕如上述，唐代是超越了此一布局的刻板型態，更進而能達到情景交融、流利酣暢、渾然天成的境界。

二、政治的原因

　　一般人認爲大唐近三百年國祚，是中國歷史上不可多得的一個太

〔註5〕同註3，頁72。
〔註6〕見林文月〈中國山水詩的特質〉《山水與古典》（台北：純文學），頁
　　　　47。
〔註7〕同註6。

平盛世。事實上，它承繼魏晉南北朝以來的動亂，內部始終尚有矛盾的存在與變化。唐前期（開國至玄宗開元年間）中央統治集團內部腐朽傾向與進步傾向二股勢力消長不定。唐中期（天寶至憲宗元和年間）中央集權勢力和地方割據勢力也彼此鬥爭。以上二百年間由於進步傾向及中央集權勢力還得主導作用，國運尚能統一。可是到了唐穆宗以後，中央集團內宦官勢力與士族勢力的矛盾，中央集權瓦解，地方割據勢力形成，不免步上滅亡之途。〔註8〕從安史之亂以降，宦官之禍、朋黨之爭、黃巢之亂、藩鎮割據，使得整個唐代政治無一日安寧。

政治的動亂不安，是隱逸的主要原因。「在長時期謹言慎行地恪守倫理社會的規範之後，一旦遇到社會的變亂，往往會不知所措，失掉調整生活、適應新環境的能力，因而不得不停止社會活動，甚至退隱山林，成為一個終日與自然為伍的隱士。」〔註9〕中國隱逸的傳統有二，一是孔子所謂「危邦不入，亂邦不居。天下有道則見，無道則隱。」（《論語·泰伯》）、「隱居以求其志」（《論語·季氏》），堅持自己理想的實現，不肯屈道，是避人而不避世的「道隱」、「時隱」。一是如魏晉南北朝純為避世的傳統，根本否定出仕，有隱無仕，極端為我的避世而隱。〔註10〕無論是避世亦或避人，時局使人歸隱，而隱逸卻因此讓人們深深體驗自然，接觸自然；時間一久，四處遍布，誠是促使自然詩風形成的原因之一。

帝王好詩，大力提倡，進士科特重詩賦，也是促使唐詩興盛的原因之一。「十年寒窗無人問，一舉成名天下知。」科舉造就了多少雄心勃勃的士子，只要通過考試的管道，即可躋身官場，何樂不為！

因此，讀書人寧願棲避山林草藪之間，靜己以鎮其躁，曲避以全其道，隱居以求其志。然而在這數年寒窗苦讀之中，殊不知已深切的

〔註8〕參見范文瀾《中國通史簡編——隋至元》（台北：影印本），頁91。
〔註9〕見朱炎〈隱士與受難者〉（國科會獎助研究），頁9。
〔註10〕參見陳英姬〈中國士人仕與隱的研究〉第一章士之仕與隱的思想傳統。（師大國研七十二年碩士論文）。

與大自然交融了。讀經賦詩之餘，他們必定多少會陶醉在山林田野的召喚中。此一從容的涵養，都普遍的留存在士人的心中，成爲生命的一部分。

相對的，科舉不但促發人們去接觸大自然，去攫取大自然的靜謐，以求其志，以全其道。它也讓士人一旦在落第心灰意冷之餘，深感功名無望，而投跡巖穴，息影山林。

劉翔飛對唐代隱逸風氣盛行的原因論及朝廷的獎掖尊重時，曾說：「唐室建立之初，頗得到一些隱士高人的傾力相助，如王珪、魏徵都成爲輔國的重臣，高祖曾頒『授逸民道士等官教』（載《全唐文》卷一）。可能是這種事實加強了唐代帝王對草澤遺民的重視，太宗在爲秦王時，就致力『徵求草莽，置驛招聘』（《冊封元龜》卷九十七〈帝王部・禮賢〉），即天子位後，仍一本初衷，力主『山藪幽隱，尤須徵召』（同書卷七十六〈褒賢〉），屢屢下詔搜訪遺逸。」〔註11〕

造成唐代士人隱逸的另一個因素，最主要的是帝王獎掖隱逸，不但下詔搜求隱士，甚至帝王親抵山林求才。〔註12〕如肅宗乾元元年十月曾下詔（《冊封元龜》卷六十八〈帝王部・求賞賢〉）：

> 猶慮巖穴之內尚有沈淪，宜令所在州縣更加搜擇，其懷才
> 抱器，隱遁丘園，並以禮徵送，如或不赴，具以名聞。

劉昫的《唐書・隱逸傳》上也說：

> 高宗，天后訪道山林，飛書巖穴，屢造幽人之宅，堅迴隱
> 士之車。

這也不獨使文人以隱爲手段，以退爲進，隨時準備受徵召，出山從政。因此有「終南捷徑」之說。此乃假隱。孟浩然常爲人所詬病，以爲假隱。可是，一番隱居山林，從禪師方外者遊，卻因此根植自然的靈命，成爲唐代偉大的詩人，實亦不可忽視。

〔註11〕見劉翔飛〈唐人隱逸風氣及其影響〉（台大中研六十七年碩士論文），頁5。

〔註12〕參閱蘇雪林《唐詩概論》（台北：商務）第九章隱逸風氣與自然歌唱。頁58～60。

　　政治的動盪不安，了卻了不少仕途營求的文人，從此離開繁華的都城，退隱僻壤。如劉長卿性剛多忤，為吳仲孺誣奏，而非罪被繫姑蘇獄，後又貶潘州南巴尉，酌移睦州司馬，隨州刺史以終。官場的沈浮，確使劉氏興起隱逸的念頭，體會山林田園的靈妙。所以，他也有許多不朽的自然詩作：

　　　蒼蒼竹林寺，杳杳鐘聲晚。
　　　荷笠帶夕陽，青山獨歸遠。（〈送靈澈上人〉）
　　　孤雲將野鶴，豈向人間住。
　　　莫買沃州山，時人已知處。（〈送方外上人〉）
　　　一路經行處，莓苔見屐痕。
　　　白雲依靜渚，芳草閉閒門。
　　　過雨看松色，隨山到水源。
　　　溪花與禪意，相對亦忘言。（〈尋南溪常山道人隱君〉）

躋身宦林，並不一定人人平步青雲，一帆風順。在官場掙扎經年，遇到政治的挫折，乃懷著失望悲傷而飄然田園山水，當高人逸士，如常建、祖詠就是典型的例子。﹝註13﹞「他們並不反抗禮俗與規律，只寂寂地避開煩擾的現世，社會上一切的民生疾苦，戰影烽煙，都無法引起他們的注視與描寫，因為他們另有一個美麗的天地，一個極樂的世界，這天地與世界，便是偉大的自然現象與農夫樵子的田園生活。」﹝註14﹞上非明世，以道自全，詩人撤棄縱欲享樂的放懷，不失意於現實的人生，也不滿足於富貴功名，但求一個清閑幽靜的生活，樂好山林田園的怡然心靈。

　　隋唐以來所施行的均田制，未能在全國普遍推行，人民也因戰亂無法維持租庸調的負擔，二者皆無法在政治措施上落實，人民紛紛逃亡，戶籍大亂，逐開兩稅制及莊園制的形成。﹝註15﹞在莊園制上，一

﹝註13﹞ 參見陳啓佑〈唐代山水小品文研究〉（文化中研七十四年博士論文），頁62。
﹝註14﹞ 見劉大杰《中國文學發展史》（台北：中華），頁400。
﹝註15﹞ 參見林天蔚《隋唐史新論》（台北：東華）第五章第三節均田制與租庸調、兩稅制，及第六章第三節莊園制度與社會的作用，均有說明。

方面人民終被小部分人所剝削，於是放棄或出賣田地，流轉為寄住戶或莊客。另一方面一般官吏豪富往往在別處購買田地，名為寄莊戶。諸道將士亦常置莊田，以至中唐大莊小莊已遍布全國。

誠然莊園有各種別名，如莊田、田莊、莊園、莊宅、莊院、山莊、園、田園、田業、墅、別墅、別業等名稱。〔註16〕它乃泛指田地，表示是一個地主所有的一個農業生產單位。

莊園的出現早見於漢魏，純為遊玩性質的建築。南北朝多少山水詩的形成，與莊園都有其密切的關係，而在唐代也不無影響，例如宋之問有「藍田山莊」，後為王維所有，稱「輞川別業」。中唐裴度「午橋莊」種花木萬株，築涼台和避暑館，皆為詩人流連之所。李文叔〈洛陽名園記〉（《百部叢書》九《古今逸史》）：

> 園中有湖，湖中有堂曰百花洲，名蓋舊堂，蓋新也。湖北之大堂曰四并堂，名蓋不足勝，蓋有餘也。其四達而當東西之蹊者桂堂，截然出於湖之右者迎暉堂，過橫地，披林莽，循曲徑而後得者梅台，知止庵。自竹徑望之超然登之脩然者環翠亭也，眇眇重邃，猶擅花卉之盛。

在位者以隱鳴高，也有「仕隱」，平常不能隨心所欲地從事山林之遊「但是無妨，『別業』正可迎合這班人的需要，而成為理想的棲遊處所。」〔註17〕唐代自然詩人們幾乎無不與隱逸山林別業有關，「王維、孟浩然、儲光羲、常建、劉長卿、李白、張子容、裴迪、丘為、綦毋潛、祖詠、元結、顧況、丘丹、嚴維、暢當、朱放、秦系、張志和等人，都有或久或暫的隱居經驗；韋應物立性高潔，不但平日焚香掃地而坐，而且所居常在精舍；柳宗元性愛佛理，貶謫永州時，每『自肆於山水間』（柳子厚〈墓誌銘〉）；劉慎虛『性高古，脫略勢利，嘯傲風塵，後欲卜隱廬阜不果，交遊多山僧道侶』（《唐才子傳》卷一）；王縉是王維的弟弟，常隨其遊處；皎然本係僧家，出塵好淨；章八元

〔註16〕同註8，頁206。
〔註17〕同註11，頁37。

與劉長卿、韋應物交遊，亦爲一時名士。性耽閒逸，親近自然是他們的共同點。他們從實際的經驗中，領略了山水景色的靈美及田園生活的恬然適應，深爲讚嘆神往，透過詩筆表現出來，便成了一篇篇閒雅有致、高曠脫俗的詩歌。」〔註18〕

誠如蘇雪林《唐詩概論》云：「八世紀後的文士詩人大都在山中隱居一度或數度，……他們既多與自然接觸，對自然更易欣賞和了解。建安以來的宮廷都市文學，到了這時，變爲山林田園文學，其關鍵在此。」〔註19〕莊園不但可供遊賞，享受園囿遊觀的樂趣，尙可供養生，退休致仕後藉以養老。

洪順隆〈水山詩起源與發展新論〉乙文，曾說：

> 至於莊園制度與經濟發展促成了庭園山水，與自然山水似乎扯不止關係。〔註20〕

純然以素材而言，庭園的人工山水，當與渾然天成的自然山水有所不同。然漢寶德以爲：

> 中國人是一個以人爲中心的文化。我們強調天人合一，實際上乃以人爲主體，自然不過反映在我心中。因此，中國人所見的自然，不是客觀的自然，而是爲我所見的胸中的自然。在這樣的觀念下，中國人建造庭園乃將自然融合在生活之中，而建築代表了生活的空間，成爲結合自然與人生不可缺少的媒介，這是西方國家所無法了解的觀念。〔註21〕

甚至他還說：

> 自然景色與建築的結合所產生的中國庭園，是一個人文秩序與自然秩序間奇妙的協調。自然的秩序是奔放的、生機的、富於變化的，而人文的秩序是內省的、幾何的、有規則可循的，中國庭園就是這樣一個古典與浪漫的結合，在山水交映的環境中，中國建築這樣以不變應萬變的，均衡、

〔註18〕同註11，頁128～129。

〔註19〕同註12，頁61～62。

〔註20〕見洪順隆〈山水詩起源與發展新論〉《幼獅文藝》四十六卷三期。

〔註21〕見漢寶德〈中國人的庭園〉（聯副·民國74年9月24日）。

對稱的姿態面對著大自然，激發出一種令人感動的、永垂
不朽的人文精神。〔註22〕

王維的輞川園，自然的山川以及建築物依山水的形勢來安排，都
是按照主人與自然之間不同方式的接觸的需要而設計的。因此，詩人
騷客面對這些外在的景，能湊泊其趣，寫胸次內在自然之情，如此情
景交融依然可以成其自然的詩篇。相信莊園的台、樓、草堂精舍、花
草泉石，依然可以成爲自然詩作的題材。王維在陝西藍田輞川谷口的
輞川別業，二十勝境，流連吟詠，與裴迪相互酬唱，成就不朽的「輞
川集」詩組。試舉其中〈文杏館〉：

　　文杏裁爲梁，香茅結爲宇。不知棟裏雲，去作人間雨。

任何一個政治環境不理想的世代，大抵很容易使士夫詩人轉向人
生，轉向文學，轉向藝術來發洩自己。個性解放，歸向自己，自我發現，
正是一大關鍵。誠如魏晉的動盪成就了兩個重要的觀念，一爲自然，一
爲反名教。又譬如後代明朝的惡劣環境使人講求良知性命做人的道理。
文士詩人倘能夠自覺到戰禍，而有一番超越的反省，很自然的，其作品
的內涵必深入生命，往往可以反映恆久普遍的心靈，浮凸「眞」的境界。
更生命化的回歸大自然，既搜尋到安慰的樂土，也解脫了人間的煩惱。
如此，從紛擾的社會回到自然寧靜的過程中，遂奠定了最高智慧的田園
山水的藝術基礎。例如韋應物有極激烈的憫民胸襟：爲官敬業憫恤民
膏，進而仰愧民脂羞慚於心，終而興諷之外爲民請命。在亂世百般的無
奈情況下，他生命更內在化，更清晰的發現自我，宕出澹遠的胸襟，而
賦出「心同野鶴與塵遠，詩似冰壺見底清。」的詩句來。〔註23〕

三、社會的原因

唐初，中央置國子學、太學、四門學及書學、算學、律學、宏文
館學，州縣亦各置學。公立學校發達，士子群趨學官。然而武后擅權，

〔註22〕同註21。
〔註23〕參見拙文〈詩似冰壺見底清〉、〈心同野鶴與塵遠〉（台灣時報副刊民
　　　　國74年1月5日及4月15日）。

學官便日趨衰歇《舊唐書・儒學傳序》曾云：

> 則天稱制，以權道臨下，不恡官爵，取悅當時……博士助教
> 有學官之名，名非儒雅之實……二十年間，學校頓時頹廢矣。

亂世逼人官學衰退，社會普遍士子於是讀書山林寺院，論學會友，反而蔚成風尚。尤其學成應試以求聞達，不乏成其宰相大臣，更是唐代社會的一大特色。〔註24〕

除了亂世官學衰退，習業四散的原因之外，習業山林的主要原因有以下三點：〔註25〕

1. 經學衰、文學盛

自魏晉以來，儒風漸替，文學轉盛。而文學不重師承，尚性靈，重個性，人不相師。所以最多三五成群聚居習業，相互切磋，少有教授生徒數千百人。另外，文學尤賴環境陶養，最宜於深山邃谷。

2. 世族大家沒、平民寒士顯

科舉進士人人平等自由應試，只要十年寒窗，都有進用之望。故平民寒士必擇山林靜境建茅以居，更甚者，唯寄寓寺院隨僧洗鉢，亦有習業機會，獲得功名。

3. 佛教鼎盛

唐代是佛教發達的時代，它不僅啟發文士的思想，也提供了眾多寺院，依山傍水。同時更提供大量的藏書，豐富了文士的習業。

山林烟霞中習業的書生，十之八九為寒士，主要是樂於科舉功名仕進，他們不像富家子弟，自可在家中安心攻讀。這些士子僻居林泉潛心鑽研，然閒暇時仰觀宇宙之大，俯察品類之盛，佳山妙水盡為寫作的最好題材。〔註26〕難怪蘇雪林《唐詩概論》就說：

〔註24〕參見嚴耕望〈唐人習業山林寺院之風尚〉《唐史研究叢稿》（香港：新亞）文中舉出八例以微知唐代文人學子多學業山林寺院，學成然後出而應試以任官。

〔註25〕同註24，頁370～377。

〔註26〕同註13，頁59。

> 詩人山居的動機，……或者爲了便於讀書，但他們既多與
> 自然接觸，對自然更易欣賞和了解。建安以來的宮廷都市
> 文學，到了這時，變爲山林田園文學，其關鍵在此。〔註27〕

　　唐代諸多自然詩人多與習業山林有關，例如《唐才子傳》之〈劉
長卿傳〉有言：「長卿，河間人，少居嵩山讀書。……開元廿一年徐
徵榜及弟。」習業山林，芟荑開闢，且耕且讀，進可取功名，退亦可
足衣食，作永居之計，這也是形成自然詩人的原因之一。

　　政治因素中，均田制破壞所興起的莊園制度，彼此有連帶關係的
禪院叢林制，亦是形成唐代自然詩的原因之一。隋唐以前僧眾的飲
食，大半靠大臣們的信仰供養，可是到了唐代以後，寺院莊園大量增
加，尤其寺院僧徒免徭役賦稅，加之禪宗道行湛深，受戒者踴躍，立
刻蔚成風尚。禪宗六祖慧能以後的百丈懷海禪師，更創立了叢林規
定，開自給自立的叢林農禪的風氣，不僅招集了眾多文士詩人，也漸
漸的改變了多數寺院坐落大都市的傳統，使各刹藏諸名山秀水中。詩
人非但多與法師、禪師、禪公、釋子同宿同遊，乃至賦詩寄贈，更可
以躬耕漁樵，涵詠大自然。

　　由政治晦暗不明所橫陳的現實社會，加以禪宗叢林制度與習業山
林寺院的風尚，所交織的世代，必然形成一股隱逸的風氣。黃永武從
科際整合看詩的欣賞中，曾提到用社會學來欣賞詩，他說唐代社會講
究門弟、婚姻、遊歷、考試四方面作爲士人出身的衡量標準。〔註28〕
此四大社會風氣中，遊歷與考試極爲特殊。（科舉考試部分，亦在政
治因素有所交待。）以遊跡來豐富閱歷的社會風氣下，文人雅士必然
接觸林藪，久而久之，筆下想必俯拾皆有山水田園之作。

四、思想的原因

　　劉大杰《中國文學發展史》以爲八世紀上半期的四五十年間，無

〔註27〕同註12，頁62。
〔註28〕參見黃永武《詩與美》（台北：洪範），頁196。

論當日的人生觀與文學的潮流，都呈現著自由浪漫的濃厚色彩。﹝註29﹞
劉氏又說：

> 兩晉以來的自然主義與佛教思想的調和結合而釀成的禪宗
> 運動，到此時也漸漸地成熟了。這一個運動，無非是打破一
> 切的儀式法規，而追求絕對自由心靈的活動與創造。加以道
> 教爲唐代的國教，因此助長當日隱逸之風，科舉考試固然是
> 干祿的正路，隱居山林，同時也是成名獵官的捷徑。……隱
> 士的眞假與人格的高下，我們不去管他，但是他們那種生活
> 的環境與田園山水的情趣，要影響於文學的色彩與作風的事
> 是無疑的。王維的居輞口，孟浩然的隱鹿門，儲光羲的隱終
> 南，顧況的隱茅山，都可以看出他們那種生活環境與自然界
> 的情趣，作了他們文學作品的決定的因素。﹝註30﹞

魏晉以降，「名教」而爲「自然」，﹝註31﹞儒家思想衰退，個人意識覺
醒，回歸自然，揚棄儒家禮俗，自由自在的尋求心靈的率性之行，加
之外來佛教傳入，諸宗並起，蔚成大觀，不僅影響隱士生活與田園山
水的情趣，也直接影響了文學，給予新精神新生命，尤其對自然詩之
影響最直接最豐盛。

　　佛教流入中國，終在隋唐出現中國佛教徒自開的宗派，此即所謂
「中國佛教」。天台、華嚴、禪宗三支，尤以禪宗不依一定經論，不
重宗教傳統，有超佛越祖之談，﹝註32﹞頗能契合魏晉老莊玄談，因之
在歷代文藝思潮上，有著一貫脈絡，於是在唐大放異彩。杜松柏曾在
說明禪與詩的融合過程中，有段精闢說明：

> 唐宋之際，禪學大昌，始則初唐之際，東山法門，已甚聳

﹝註29﹞同註14，頁393。
﹝註30﹞同註14，頁393～394。
﹝註31﹞參見丘爲君《自然與名教》（台北：木鐸）此論文旨在探究漢晉思想
　　　　的轉折，及名教與自然的時代背景與思想演變過程，從而窺知漢晉
　　　　思想由名教轉爲自然。
﹝註32﹞參閱馮友蘭〈新知言〉《貞元六書》（台北：影印本）第九章禪宗的
　　　　方法。勞思光《中國哲學史》（台北：影印本）第二卷第三章中國佛
　　　　教之三宗。

動，初唐迄於盛唐，南宗北宗大鳴於時，或爲帝室師，天
下尊仰，或越在草野，學者歸心；慧能之後，越祖分燈，
五宗繼起，玄風播於宇內；會昌法難之後，教下各派，以
經像燒亡，梵宇殘破而式微，禪宗反以不依他力，超越戒
律形式，曾未阻礙其發展，反有取代諸宗之勢。〔註33〕

然禪宗擅揚的世代，之所以助長自然詩的形成與發皇，是在其寫偈頌
之外在形式與詩的契合，以及內在禪境禪理禪趣的湊泊使然。

偈頌隨佛經之譯傳，已有整齊之詩句形式，到了唐代禪人使用，
乃日去偈頌之體遠而與近體詩相近。在禪人曰偈曰頌，在詩家曰詩
歌，其揆一也。〔註34〕及至神秀，慧能以後，文采益彰，更得比興風
骨，更合近體格調，禪偈與近體詩於是密切結合。而禪宗重在「超越」，
無能悟所悟的分別，無人與境的對立，不脫不黏，不一不二，不即不
離，常藉可感覺者，以表彰不可感覺不可思議者，所謂「超以象外」、
「不著一字、盡得風流」（《詩品》）、「言有盡而意無窮」、「不落言詮」、
「如羚羊掛角、無迹可尋」、「一片空靈」（《滄浪詩話》）他們所用的
方法，正是以詩作爲表達意思方式的最佳途徑。詩往往以其所說表達
其所未說者，好詩多富暗示。〔註35〕從此一觀點，我們也可以獲得一
個答案，即是禪宗與詩的密切關係，禪宗愈發達，詩也必然豐碩。

然而「以內容言，禪所參求者在悟證眞如法性，闡發事理，詩所
發抒者乃人之性情，事物之興會；就作用言，禪乃成佛作祖，自渡渡
人，詩乃怡情悅性，以補人心世道；由感受言，禪只可自知，而不可
示人，所謂『少年一段風流事，只許佳人獨自知』是也，而詩人非徒
娛己，乃以示人感人。」〔註36〕有其不同之處。可是，倘詩得禪趣之
助，必可深宏其內涵，提高其意境，增益其表現方法。〔註37〕自然詩

〔註33〕見杜松柏《禪學與唐宋詩學》（台北：黎明），頁197。

〔註34〕同註33。

〔註35〕同註32〈新知言〉第十章論詩。

〔註36〕同註33，頁199。

〔註37〕同上註。

的形成，也實在此。

　　禪學與詩學經由以詩寓禪（如上述），復由詩人承受禪學的影響，即以禪入詩。詩人依題作詩，比物取象，既不可形似，又不可不似，既不可直說，又不可不說，不受任何遮蔽，掃盡前人依傍，不落窠臼，援其理趣禪境入詩。杜松柏先生曾分以「禪理詩」樂其說而精述其奧理者；「禪典詩」明其故實而入詩者；「禪迹詩」適其居，友其人，投贈酬答者；「禪趣詩」狀物明理，託物起興，以有限見無限，使恍惚之禪機，著迹如見者。〔註38〕其中當以禪趣詩最爲重要。此禪趣詩乃寓禪理禪機，而有奇趣、天趣、理趣。〔註39〕誠如錢鍾書所論：

　　　　乃不泛說理，而狀物態以明理，不空言道，而寫器用之載
　　　　道，拈此形而下者，以明形而上者，使寥廓無象者，託物
　　　　以起興，恍惚無朕者，著迹而如見。〔註40〕

　　有唐一代，自然詩人諸多詩作與禪趣有關，其原委在於自然詩人能憑直觀的智慧，充分達到會心的妙悟。其內心世界充滿禪趣而寫詩，來契合自然界，產生自然境界。王漁洋《香祖筆記》：「捨筏登岸，禪家以爲悟境，詩家以爲化境，詩禪一致，等無差別。」詩人妙悟，進而與萬化冥合，造成空靈、脫俗、忘我、入神、孤絕等詩境，引來無限的智慧與生機。〔註41〕諸如王維的〈鹿柴〉、〈竹里館〉、〈鳥鳴澗〉、〈辛夷塢〉、儲光羲〈詠山泉〉、常建〈題破山寺後禪院〉、劉長卿〈題靈祐和尙故居〉、韋應物〈聽嘉陵江水聲寄深上人〉等，不勝枚舉。

　　除了禪宗理趣特別發達外，傳統道家自然之路，老莊「致虛極守靜篤」無言虛靜之常道境界，仍然是唐代自然詩人們共同的源頭活水。尤其通過魏晉一在老莊的智悟玄理，一在人物志的美趣品鑒——一是玄理的，一是美感的——二者綰合成其名士的生命，使玄理與才

〔註38〕同註33，頁300。
〔註39〕同註33，頁335。
〔註40〕見錢鍾書《談藝錄》（台北：影印本），頁270。
〔註41〕參見邱燮友〈唐詩中的禪趣〉，《古典文學論文集》第二集（台北：學生）。

情結合，使老莊的智悟成爲美感品鑒的生命。順此源頭活水，在生命的體悟與理境的透顯上，勢必更接近自然。〔註42〕

「道家的田園雖無爲自然，卻涵藏無盡生機。禪的山水，是忘掉煩惱的休歇處，是證入涅槃的落腳處。」〔註43〕「禪」的山水田園與「道」的山水田園，確實都助長了唐代自然詩的加速形成。

五、詩畫藝術的原因

文化燦爛的唐朝，在我國繪畫史上，亦是極爲重要，「對於人物畫能承先代之長加以變化，對於山水畫能應當代之運而加以光大，對於花鳥畫能發育滋長而加以培植。」〔註44〕在畫論的成立，畫風的變革，素材的獨立都有明顯的成績，它乃承繼文化傳統明白掌握「以形寫神」及「意境」的特色，更從魏晉所形成的一套形神兼列的理論，〔註45〕點出外在形色與內在神采，相互兼重——唐張璪「外師造化，中得心源。」〔註46〕說明畫家創作態度是以作者的心，體悟物象自然，以寫出物象天然的神采與儀態。由於繪畫理論的影響，唐代在畫風上有顯著的改變；寫意水墨渲染的作風，逐漸取代工緻的畫風；而東晉顧愷之、宗炳、王微、梁元帝、蕭賁等人一番的努力，也終由附屬躍爲主題的山水畫得以成立。

繪畫藝術的內涵、風格、題材愈是發達，易會影響到詩歌的創作，徐復觀曾於其《中國藝術精神》說畫是以再現自然爲基調，所以決定畫的機能是「見」，詩因以緣情言志爲基調，所以決定詩的機能是「感」。畫家必是「能見」之人，詩人必定是「善感」之人。二者同爲藝術的範疇，在基本精神上有其相通之處。我國詩畫歷來融合的過

〔註42〕參見王邦雄〈禪宗理趣與道家意境〉《鵝湖》第一○九期。
〔註43〕同註42。
〔註44〕見俞劍方《中國繪畫史》（台北：商務），頁91。
〔註45〕南齊謝赫《古畫品錄》有六法：氣韻生動、骨法用筆、應物象形、隨類賦彩、經營位置、傳移模寫，是形神兼列最具體的表現。
〔註46〕見張璪〈文通論畫〉、《中國畫論類編》俞崑編（台北：河洛）。

程，一則是題畫詩，詩人在畫中引發出詩的感情。二則是以詩作爲畫的題材。詩由感而見，便是詩中有畫；畫由見而感，便是畫中有詩。〔註47〕戴麗珠於其《詩與畫》一書中曾有辯證性的剖析「詩畫一律的可貴」。〔註48〕曾舉出宋人的例證，如郭熙郭思父子所撰《林泉高致》畫意云：

> 更如前人言：「詩是無形畫，畫是有詩形。」哲人多談此言，吾人所師。余因暇日，閱晉唐古今詩什，其中佳句有道盡人腹中之事，有裝出目前之景。

錢鍾書〈中國詩與中國畫〉乙文，雖明中國詩畫品評標準似相同實相反，詩畫各抱出位之思，彼此作越俎代謀之勢。然當中有段舖陳歷代以爲詩與畫是姊妹藝術的摘錄：

> 詩與畫是姊妹藝術，有些人進一步以爲詩畫不但是姊妹，並且是攣生的姊妹。張浮休畫墁集卷一跋百之詩畫云：「詩是無形畫，畫是有形詩。」宋詩紀事卷五十九引全蜀藝文志載錢鍪次袁尚書巫山詩云：「終朝誦今有聲畫，卻來看此無聲詩。」趙德麟侯鯖錄及詩話總龜引王直方詩話皆載蘇東坡逸詩詠韓幹馬云：「少陵翰墨無形畫，韓幹丹青不語詩。」黃山谷次韻子瞻子由題憩寂圖二首之一云：「李侯有句不肯吐，淡墨寫作無聲詩。」又題陽關圖二首之一云：「斷腸聲裏無形影，畫出無聲無斷腸。」山谷的忘年交惠洪和尚在石門文字禪裏尤其愛用這兩個名詞，例如同超然無塵飯柏林寺云：「欲收有聲畫，絕景爲摹刻。」戒壇院東坡枯木云：「雪裏壁間枯木枝，東坡戲作無聲詩。」又一詩題云：「宋廸作八境絕妙，人謂之無聲句；演上人戲余曰：『道人能作有聲畫乎？』因爲之各賦一首。」……希臘詩人西蒙尼台斯說過同樣的話：「畫爲不語詩，詩是能言畫。」〔註49〕

〔註47〕同註 2。
〔註48〕參見戴麗珠〈詩畫一律〉、〈由無形畫變爲有聲畫〉，《詩與畫》（台北：聯經）。
〔註49〕見錢鍾書〈中國詩與中國畫〉，《中國文學研究叢編》第一輯（香港：龍門）。

又蘇軾題跋卷五有云：

> 味摩詰之詩，詩中有畫，觀摩詰之畫，畫中有詩。

倘從形神兼列的觀念來看詩畫的關係，的確二者之理論創作與鑒賞有多似之處。「有形詩」、「畫中有詩」、「無聲詩」，是以詩說畫。「無形畫」、「詩中有畫」、「有聲畫」，是以畫說詩。分明二者有著密切的關係。因為唐代詩人與畫家也都曾提出了取象自然與神思的創作態度，相互影響可見一斑。王維〈山水論〉：〔註50〕

> 凡畫山水，意在筆先。

其〈山水訣〉曾論：

> 夫畫道之中，水墨為上，肇自然之性，成造化之功。

符載〈觀張員外畫松石序〉云：

> 觀夫張公之藝非畫也，真道也。當其有事，已知遺去機巧，
> 意冥玄化，而物在靈府，不在耳目。故得於心，應於手，
> 孤姿絕狀，觸毫而出，氣交沖漠，與神為徒。

元稹〈畫松詩〉云：

> 張璪畫古松，往往得神骨。

白居易〈畫記〉云：

> 畫無常工，以似為工；學無常師，以真為師。故其措一意，
> 狀一物，往往運思中與神會，髣髴焉，若歐和役靈於其間者。

唐代山水繪畫中重要的盧鴻、王維、張璪等人，他們有一個很重要的突破，其形式與內容，純能自發性的將大自然的生意與自身的氣韻完全烘托，如盧鴻能夠「將寫生題材與生活環境予以親切的結合，突破六朝以來文人高遠玄虛的山水意境，而落實到生活週遭的景物上。」〔註51〕如王維從自然的秩序法則中去領悟生生不息之道「肇自然之性，成造化之功。」，如張璪「外師造化，中得心源」互為條件，

〔註50〕歷來對王維〈山水論〉、〈山水訣〉是否為其論作，爭論不休。徐壽凱〈畫史之祖——歷代名畫記〉，《中國古代藝文思想漫話》（台北：木鐸）曾斷為偽書。

〔註51〕見林昌德〈唐宋山水寫生精神之研究〉（師大美研七十二年碩士論文），頁116～117。

既寫生又創意。而這些類似情景交融，物我合一的創作理念，不正是自然詩的特色？同處一個世代，自然詩的創作不可避免的會受到繪畫的影響。

唐代繪畫的解放與自由精神，亦值得一提。繪畫至唐代已逐漸脫離政教之束縛，而有自由發展的趨向。純粹觀賞的繪畫如山水花鳥等，漸取道釋人物的地位。同時，吳道子所創立的山水畫，也可說是晉隋山水的解放。〔註52〕童書業《唐宋繪畫史》說明山水畫成立的經過有段云：

> 山水畫的線條法確之於吳道子，設色法精致於李思訓，用
> 墨法創始於張璪，王維而發迹於項容、王墨。〔註53〕

都呈現唐代繪畫史上的解放創新精神。這在整個藝術思潮上，眞是一個很大的革新和反動。以上就藝術創作的理論與經驗上來說。

顧名思義，自然詩與山水畫皆以山水田園爲主要題材。同時山水畫家不似花鳥、人物畫，更容易地，他除了可以表達山水田園的性靈，也因此發揮了自己的性靈，他可以藉著素材的渾然天成，擺脫客觀的束縛，得以自由，意趣無限，表現出天人合一的境界。山水畫可以說與自然詩所面對的山水田園不謀而合。宗炳〈畫山水序〉曾說：「至於山水，質有而趣靈。」又說：「夫聖人以神法道而賢者通，山水以形媚道而仁者樂。」如何面對自然界？如何情景交融？如何顯現自然境界？相信都有共通之處；相互影響，相互成就。

自然詩與山水畫大抵多是時代社會與個性不和諧的共同產物。一些文人高士卻意識到眼前的百年安定與繁華之後，隱藏著政治的危機，他們既不願像魏晉文人的放蕩，亦不追逐宮廷顯貴的浮華；於是乎，他們所追求的即非唯心亦非唯物，而是心物合一的人生理想。王維和盧鴻隱逸於輞川和嵩山，尋求另一種現實（大自然）的眞性，故而王維有「輞川」的寫生（輞川圖），盧鴻有「嵩山草堂」的寫景（草

〔註52〕同註44。

〔註53〕見童書業《唐宋繪畫史》（香港：萬葉），頁41。

堂十志圖）皆爲「水墨爲上，肇自然之性，成造化之功」的淡泊心志之寫照。將心靈轉向普遍永恆的人性寄託所在——大自然，在大自然中去把握生命的眞實。詩人與山水畫家往往多爲隱逸之士，有別於農樵漁獵，懂得欣賞水間明月江上清風。魏晉南北朝正是二者消極的發生階段，到了唐代才見發展蓬勃。廖蔚卿曾說：

> 晉宋之際的山水詩與山水畫便在擁有經濟條件的大族文藝圈中，受著時代思潮的推動而產生了，他們支配了物質世界，復欲求得遨天的消極。但當大族門閥未打破之前，山水詩與山水畫是不能得到更適合的發展。所以，直到唐代推倒這種大族以後，山水畫與山水詩才得到新的社會中繁育滋長起來。〔註54〕

另外，試觀唐前之魏晉六朝，雖是歷史上動亂的一個世代，但其玄學以及一切藝文，都有輝煌的成就。此期書法的蓬勃發展在整個書法史上占有重要的一席。他們有一共同的觀念，就是認爲書法的美有一客觀的標準——自然，是創作的張本，是批評的標準，是美學的基礎。可惜，唐人書法並不如此沿襲，卻走入嚴格的法則，毫無飄逸可言。〔註55〕但是描摹大自然，對大自然的觀察與歌頌，卻啓示了唐代寫生繪畫，也造就了詩歌創作與自然的陶融。

第二節　內　因

外緣的研究只是條件，內因才是根據。因此唐代自然詩的發生，我們不可不看每一位詩人的內在原因。不過本文所欲處理的是以「詩」爲主的作品研究，能寫自然詩者，不在少數，倘就詩人一一的探討，實非易事。然不可否認能寫自然詩大抵是王孟一派的自然詩人爲多數。因此，以下試就王、孟一派較具代表者，加以探究。

不過，在探討內因之前，吾人十分贊成「生活需要說」一派的見

〔註54〕見廖蔚卿〈晉末宋初的山水詩與山水畫〉《大陸雜誌》四卷四期。
〔註55〕參見熊秉明〈中國書法理論的體系〉香港《書譜》三十四～四十二期。

解。總以爲人類社會進步或推演到某一定的階段，社會生活往往不能滿足人在精神生活方面的種種需要時——譬如今天因物質文明的「突飛猛進」，所逼顯而來的文化自覺，不單有藝文活動的需要，更須要的是歸回田園，大聲急呼「我們只有一個地球」。〔註56〕人的精神生活不能滿足，於是感情和理想的眼睛便投向更寬廣的大自然。畢竟人與自然是分不開的，它是生活的必需，人與自然爲伍，是天經地義的，而非歷史的偶然。

　　從自然詩人的角度來看發生的原因，首先我們必須肯定的是樂好自然的情意（性格）必然是人皆有之。基於上一節外在種種的原因之外，詩人內在尚有以下三個因素促成自然詩的寫作。

一、消解情意與志向的衝突

　　即是性格與思想上的不一，在一番調適之餘，遂有了自然詩的創作，孟浩然即爲一例。劉甲華〈河嶽詩人孟浩然〉〔註57〕將孟浩然一生約略分爲四個時期，三十歲以前的求仕進時期，三十至四十歲遊歷時期，四十至四十八歲再求仕進時期，以及四十八歲以後的頹廢時期。自小孟浩然並無顯赫家世，「敝廬隔塵喧，惟先養恬素」，以至「鄉曲無知己，朝端乏親切」。爲達富貴，於是「爲學三十載，閉門江漢陰」、「晝夜常自強，詞賦頗亦工」，努力勤學。並且好節義重交友，「吾與二三子，平生結交深」。奈何十上洛陽，應舉無一順利。所謂「少年弄文墨，屬意在章句；十上恥還家，徘徊守歸路。」

　　初求仕進失敗後，他開始遊歷，「自洛陽出發，經過安徽北部、江蘇而抵達浙江。在樂城張子容家裏住了三年，到過福建漳浦一趟，然後由浙江經江蘇、安徽南部、江西而返襄陽。經歷的名山有嵩山、天台、雁蕩、廬山。大川有江、淮、錢塘。古蹟有禹穴、嚴瀨。名湖有鏡湖、西湖、太湖、彭蠡。共計路程達八千里，費時將近十年。」

〔註56〕馬以工、韓韓合著《我們只有一個地球》（台北：九歌）。
〔註57〕參見《文史雜詩》六卷一期。

〔註 58〕《新唐書》說：「孟浩然，年四十，乃遊京師。」孟浩然四十再求仕進，然命運多舛，他最後只好以悲痛的心情寫出〈歲暮歸南山〉：

> 北闕休上書，南山歸敝廬。不才明主棄，多病故人疏。
>
> 白髮催年老，青陽逼歲除。永懷愁不寐，松月夜窗虛。

孟浩然晚年仍多遊歷，不過，張九齡貶荆州長史，曾召他從事，可是不到一年，九齡死，孟浩然亦同時離職，從此絕望仕進，縱酒歡謔，抱病食鮮，痛吃狂飲，卒至一病不起，享年僅五十二歲。

孟浩然一生行徑，後人總冠以「假隱士」相稱。他雖有多年的鹿門山之隱，且泰半皆在遊歷四方之中，身在江湖，樂意山水，但心懷魏闕的念頭不曾短少。孟浩然之所以如此不能放懷而真隱，劉甲華有一段精闢的見解：

> 一個人的思想可以支配他的行動，但行動亦受性格的影響，假如思想與性格不能一致，那麼他的行動自然免不了矛盾，而矛盾的結果，就給人生帶來悲劇的色彩。

他在思想上總脫不了儒風刻意的仕進，但卻又擁有一放蕩不羈、樂於山林隱居的性情。原來，他一生不能好好做官，自己放任無拘無束性情是最大的主因。《新唐書‧孟浩然傳》云：

> 採訪使韓朝宗約浩然偕至京師，欲薦諸朝，會故人至，劇飲，歡甚。或曰：「君與韓公有期。」浩然叱曰：「已飲，遑恤佗！」卒不赴，朝宗怒，辭行，浩然不悔也。

王士源的孟浩然集序亦有如此的記載，好樂忘名，率性而行，倘得韓朝宗抬舉，還怕不能一帆風順，但他沒能好好把握住機會，才坐失政治上的成就。

也就是孟浩然的情意壓抑了他的思想與志向，率性而行，才有獲得純粹欣賞自然的機會，重新回到山明水秀的樂土，遨遊嘯咏，融入自然，達到脫俗雅澹的境地；以大自然為創作的靈泉，汩汩不絕，成

〔註 58〕同註 57。

就曠世不俗的自然詩作。

　　勞思光〈論孟浩然詩〉乙文也曾披露，〔註59〕以為孟浩然也免
不了在生命感中有憂歎的一面，然他亦有調適的一面，其調適之道在
於放情山川，問道談玄。誠如他的〈尋香山湛上人〉云：

> 朝遊訪名山，山遠在空翠。氛氳互百里，日入行始至。
> 谷口聞鐘聲，林端識香氣。杖策尋故人，解鞍暫停騎。
> 石門殊豁險，篁逕轉深邃。法侶欣相逢，清談曉不寐。
> 平生慕真隱，異日探靈異。野老朝入田，山僧暮歸寺。
> 松泉多清響，苔壁饒古意。願言投此山，身世兩相棄。

是求諸山野逸趣以自適，生命情意才得以寄託。勞思光還說一個人的
情意狀態與他的志向懷抱，是不可相混而談。我們看孟浩然一生理想
所指的志向懷抱是欲用世而未能；就情意狀態言，是以山水玄談為寄
託，即在一次次的山水玄談寄託之中，展現他生命感中的閒靜之趣，
來彌補理想的失落與困頓。

二、補償精神的愧疚

　　人一生心靈層次的愧疚非常廣泛，諸如王維安史之戰陷敵為官的
贖罪之心與解脫之情，韋應物憫民的胸襟，無以施展，只好徜徉山林
田園，不斷寫出情景交融的自然詩。

（一）王　維

　　王維河東王氏出身，使他在官吏生涯始終不虞匱乏。尤其天生秉
賦極高，加之自幼文教薰陶，多所奠立深厚根基，助於日後獎掖拔擢
的根據。誠如《舊唐書》所載：「事母崔氏以孝聞，與弟縉俱有才俊，
博學多藝亦齊名，閨門友悌，多士推之。」《新唐書》：「九歲知屬辭，
與弟縉齊名，資孝友。」唐薛用弱《集異記》二卷：「王維右丞，年
未弱冠，文章得名，性閑音律，妙能琵琶，遊歷諸貴之間，尤為岐王
之所眷重。」清辛文房《唐才子書》：「九歲知屬辭，工草隸，閑音律，

〔註59〕參見《文學世界》第二十五期。

岐王重之。」

開元四年王維十六歲到洛陽，十七歲到長安，十九歲即應京兆府試，首席及第，逮二十一歲進士科及第，任太樂丞，並受寵於岐王範、寧王憲及薛王業。從此幾無一日離開官場，雖也曾有東方濟州司倉參軍、西北之涼州河西節度判官，監察御史出使靈州朔方節度史府，然一生歷任官職皆屬「清官」。倘以安史之亂分野，之前曾任吏部郎中、庫部員外郎、左補闕、殿中侍御史、監察御史、右拾遺；之後歷任太子中庶人、太子中允、中李舍人、給事中、尚書右丞。〔註60〕

由於官職的不同，任職的所在有異，王維一生詩風因其際遇也有所不同。早期青春學習階段，各體裁風格幾乎盡予嘗試。但爲官首度坐挫、進而流浪四處之後，才有田園山水詩風的萌芽，他才多少顧慮到自己周邊的人事萬物。誠如〈宿鄭州〉所云：

> 朝與周人辭，暮投鄭人宿。他鄉絕儔侶，孤客親僮僕。
> 宛洛望不見，秋霖晦平陸。田父草際歸，村童雨中牧。
> 主人東皋上，時稼遶茅屋。蟲鳴機杼休，雀喧禾黍熟。
> 明當渡京水，昨夜猶金谷。此去欲何之，窮邊徇微祿。

「田父草際歸」以下六句略見田園詩的雛形。

可是他的自然詩風並未在此獲得落實，一連串的流浪，以至到北方任職，特殊環境的哀愁情結，也曾有過獨樹一格的邊塞詩作，例如：

> 年少辭家從冠軍，金裝寶劍去邀勳。(〈塞下曲〉)
> 平生多志氣，箭底覓封侯。(〈塞上曲〉)
> 盡係名王頸，歸來報天子。(〈從軍行〉)

又如效法班超、霍去病不可一世的氣概：

> 寄言班定遠，正是立功年。(〈從軍行〉)
> 玉靶角弓珠勒馬，漢家將賜霍嫖姚。(〈出塞作〉)

以及萬丈雄心，期爲一等大英雄的慷慨詩作：

> 漢家天子圖麟閣，身是當今第一人。(「平戎辭」)

〔註60〕見伊藤正文著、譚繼山譯《王維》(台北：萬盛)，頁245。

　　四十歲王維終於回到朝廷，從此十五年間王維的文學天才得以充分的發揮。不乏以宮體為中心的應制詩作，表現私人社交生活的作品，以輞川莊別墅描述個人生活的作品。〔註61〕尤其是在輞川莊園的個人生活中，他在滿足基本生活的需求、愛與被愛、自尊、以至追求自我實現的需求的歷程中，建立了個人完整的生活，完成自己的生命觀，單純的以自我為基礎來寫詩，因此不乏有空靈、自然的特質，並且與身處的山水田園結合，了徹大自然本有的生命質性，進而眷念那份田園樸實的日子。因此，那怕是應制的詩作，也有一番自然返樸的氣象。如〈奉和聖製慶玄元皇帝玉像之作應制〉末尾說：

　　　　願奉無為化，心齋學自然。

不過，安史之亂前，他宮廷與田園生活兼而有之，其自然詩只算是建立。他自然詩的完成，安史之亂要算是一重大的關鍵。

　　安史之亂，王維被捕降敵，成為偽政權的官史。不久李唐收復首都以後，事二主的行徑難得肅宗的寬恕。幸好其弟王縉奔走請命，以及崔圓暗中減輕刑罰將功折罪，加之他在淪陷被囚時，曾寫〈凝碧詩〉表明心志，得以脫罪。可是，經過這一場政治的風暴之後，他一方徹底了解官場的無情，另一方面始終無法在內心深處，抹去烙印的污點，他一生都要背負這個重大的負擔。〔註62〕愈是珍惜超然的生命，愈是無法輕易的擺脫現實生活的種種。由於這一個內在衝擊的緣故，更加肯定他歸向田園山水的決心。

　　王維愧疚而生贖罪之心的另一個有力的明證，是他相當愛國，之所以有多於人的一分愛國之心，才愈發增加他愧疚之情。在他以邊塞為題材的戰爭詩中，可以充分證明他愛國情懷。諸如〈少年行〉四首及〈塞上曲〉二首等。

　　再者，得自母親崔氏一生篤信佛學的影響，他在強烈的自責中，佛緣的無生理念與境界，正是他解決今生官場屈辱的生存事實：無生

─────────────

〔註61〕同註60，頁162。
〔註62〕同註60，頁219。

無滅，緣性起空。他在〈謝除太子中允表〉一文說：

> 臣得奉佛報恩，自寬不死之痛。

難以治癒的創傷，轉而迫切的從佛理中求得精神的慰藉，也因此更觸發他融入自然的化境中，因爲自然的田園山水與佛理的本質是一致的，是相貫通的。他寫〈夏日過青龍寺謁操禪師〉云：

> 龍鍾一老翁，徐步謁禪宮。欲問義心義，遙知空病空。
> 山河天眼裏，世界法身中。莫怪銷炎熱，能生大地風。

俱備天眼，看清一切山河萬物；化爲法身，留住三千世界。力求贖罪力求解脫的心靈，是促成王維自然的佛禪的詩風的完成。

綜觀上述，王維有過自然詩作的萌芽階段，進而建立完成之。其直接主要的因素該是安史之亂，王維歸附叛賊的贖罪之心使然，間接的因素，倒是他四十歲後悠遊於輞川終南山間，閑適的山野田園生活啓示。

贖罪之心，求解脫之情，是王維因安史之亂的歷史動亂所生。而這一份心靈，正是加促他成就自然詩的最大動力。這也正是我們要探究爲何別的時期，王維不能直接成就他的自然詩的所在。年老的王維，半官半隱中，始終無法磨滅安史之亂的那一份罪咎感——倘再營更大的功勳，也無法彌補曾有過遺憾，眞所謂覆水難收。

贖罪求解脫的歷程中，王維與大自然相契合的心，終於凸顯，尤其有輞川勝景，足使他傲睨閒適其中。加上佛禪心靈的解脫。誠如王縉上奏文所述：「晚年，彌加進道，端坐虛室，玆念無生。乘興爲文，未嘗廢棄。」〔註63〕又《舊唐書》載：「維弟兄俱奉佛，居常蔬食，不茹葷血。晚年長齋，不衣文綵。」足可使王維「自寬不死之痛」。他〈歎白髮詩〉云：

> 宿昔朱顏成暮齒，須臾白髮變垂髫。
> 一生幾許傷心事，不向空門何處銷。

〔註63〕同註60，頁233。王縉奉代宗之命，編纂王維文集，書成以後，上奏文〈進士王右丞集〉中所云。

唯有在輞川田園生活的樂趣中，在大自然的懷抱中，在佛門禪理精神的慰藉中，才能獲得充分的解脫。

「終年無客長閉關，終日無心長自閑。」「清川淡如此，我心素已閒。」心閒如淡川，內心世界再也不見紛亂。此刻乘興的詩文，也不再有十里官場的氣息，其閒談、寡欲、清靜，正是自然詩的典型。

（二）韋應物

韋應物於新舊唐書無傳，宋沈明遠作應物補傳，其事跡始概略可見。近人萬曼作韋應物傳外〔註64〕，羅聯添〈韋應物事跡繫年〉〔註65〕可說最爲完備。

韋應物一生始終介於隱、仕之間。十五歲便爲明皇宿衛，豪縱不羈。奈何安祿山叛變，玄宗出奔，遂使羅衫寶帶、灞凌酒肆的禁軍，一變成弊裘羸馬、憔悴被人欺的流浪漢了。〔註66〕廿七歲爲洛陽丞，三十歲告疾退居同德寺。三十八歲任京兆府功曹，四十三歲任鄠縣令，四十四歲又退居善福精舍。隔年又當尙書比部員外郎，四十六歲繼而爲滁州刺史，四十八歲又罷滁州刺史，因家貧不得歸，留居郡中南巖寺。五十歲又任江州刺史，五十二歲爲左司郎中，五十三歲爲蘇州刺史，不及數載，五十五歲從此寓居永定精舍以終。他長於安史之亂中，經歷動盪世代的種種遭遇，曾經擁有過的熾熱抱負，奈何抵不住現實貶官下獄的打擊，於是拒絕混世，徜徉山林田野。

其實，韋應物陶醉山林醇樂田園，不爲世網纏身，而蹤浪大化，其生命的基調主在於憐農憫民的懷抱使然。唯其愛民深切，才強使他處正直清廉於亂世而困頓受挫。棲身山林田園與民爲伍中，雖無法如高官施行仁政，厚愛萬民，但也不時於其田園山水的歌頌中，表露愛民的胸懷。白居易頗能洞察，他在〈與元九書〉中曾說：

　　知近歲韋蘇州歌行，才麗之外，頗近興諷。其五言詩又高

〔註64〕參見《國文月刊》第六十一～六十二期。
〔註65〕參見《幼獅學誌》八卷一期。
〔註66〕同註64。

　　雅閑淡，自成一家之體。今之秉筆者，誰能及之？

　　吾人曾在〈詩似冰壺見底清〉乙文（註67）評述其憫民胸襟的生命歷程。一開始他爲官敬業，憫恤民膏，不敢怠忽而「永懷經濟言」。當他邁力爲民服事之餘，始終無法見到太平的盛世，百姓依然受困，不得安居樂業，於是「仰愧民脂、羞愧於心」，詩云：「仰恩慚政拙，念勞喜歲收。」「鄰家孀婦抱兒泣，我獨展轉何爲情？」

　　他的抱負無法落實，進有愧疚之心，更甚的，他要爲民請命，興諷寓刺。他一首〈鳶奪巢〉可爲代表，雖寫鳥，實言人，高官權貴如兇惡的鷗鳶，顧不得寡弱萬民的福祉。

　　韋應物始終懷抱悲天憫人的胸襟，可是理想終要幻滅，他抵不住亂世洪流的衝擊，雖有爲民請命的諷刺，來抒發苦難百姓的無奈，但實非永久之計。唯有靠其生性恬淡的情意調適，終究才可以平衡保全他清暢完整的生命個體。所以在中唐一代，他能寫出大量的自然詩來。

三、療治掛冠的挫敗

　　誠如上述，每一位自然詩人都有自然的情意，然一旦遭到挫折，特別是官場的挫敗，其情尤爲浮凸。期能在山水田園的滋潤下，獲得療治。同時，也因此造就了他們寫下不朽的自然詩篇，誠如劉長卿、柳完元即是。

（一）劉長卿

李嘉祐〈入睦州分水路憶劉長卿〉云：

　　北闕忤明主，南方隨白雲。

給長卿一生掩上最大的陰影，即是郭子儀女婿吳仲儒的誣奏；粉碎了他爲國爲民獻身的理想。新舊唐書都曾載有劉長卿嘗任租庸使，因謹守法度愛惜公物固護財帛之故，剛而犯上，開罪吳仲儒，繫姑蘇獄甚久。原來長卿頗凌浮俗，高傲鯁直，不曾鑽營，不畏權勢，即使被誣奏而遭冤獄，亦有所不爲。

〔註67〕同註23。

　　由於劉長卿有充分悠遊林泉的性情，因此在挫折掛冠求去的時代，我們可以讀到如同王、孟一系列自然詩人的作品。

　　劉長卿四十六歲出任監察御史，以檢校祠部員外郎出爲轉運使判官，知淮西鄂岳轉運留後觀察使。待姑蘇冤獄之後，曾貶潘州南巴縣尉，後量移睦州司馬。至乾元元年春，出攝海塩令，大曆年間，官隨州刺史以終。後半生幾乎不離官宦一日，照說他可以依嗜好山林的性情，掛冠他去。可是，他如同孟浩然一般，情意的調適可以悠遊於山水自然之中，但他志向懷抱卻始終在於勤政愛民上。他對人民的關懷與憐恤，未嘗或減，用世之心，未曾或忘。（孟浩然倒是在於爲官，心存魏闕，二者仍有分別性。）他在〈送河南元判官赴河南句當苗稅充百官俸錢〉詩云：

　　　　春草長河曲，離心共渺然。方收漢家俸，獨向汶陽田。
　　　　鳥雀空城在，榛蕪舊路邊。山東征戰苦，幾處有人煙。

他的〈送喬判官赴福州〉詩又云：

　　　　揚帆向何處，插羽逐征東。夷落人煙迴，王程鳥路通。
　　　　江流回澗底，山色聚閩中。君去凋殘後，應憐百越空。

征戰後的凋殘，罕有人煙。其憐憫之心不斷在他與友朋的詩唱中互露心跡。他甚至爲民請命的賦詩〈送青苗鄭判官歸江西〉說：

　　　　三苗餘古地，五稼滿秋田。來問周公稅，歸輸漢俸錢。
　　　　江城寒背日，溢水暮連天。南楚凋殘後，疲民賴爾憐。

　　長卿屢遭貶謫，亦逢肅宗、代宗之兵塵，以及冤獄加諸於身，然無時不以家國爲念，藉詩句表白忠悃之心。除上述憐民詩之外，他也有奉王殷殷以國事自勉的忠忱。如〈送盧侍御赴河北〉：

　　　　莫學仲連逃海上，田單空愧取聊城。

反用魯仲連助田單智取聊城功成身退，勉其建功後，仍爲國效力。〈湖南使還留辭辛大夫〉也云：

　　　　唯有家兼國，終身共所憂。

面對〈鶯識春深恨，猿知日去愁。別離花寂寂，南北水悠悠。〉之後唯一可行的取向，乃是承擔家國，與有榮焉。

　　甚至長卿把愛民事君、終生服膺的入世作為，訴諸天地仁心，〈洛陽主簿叔知和驛承恩赴選伏辭〉云：

　　　　一心奉王事，功成良可錄。道在知無愧，天府留香名。

負謫後登干越亭作：

　　　　獨醒空取笑，直道不容身。得罪風霜苦，全生天地仁。

那怕是謫貶之後，見落日獨鳥歸，聽鶯聲傷逐臣，悲白首，怨青蘋，但對負謫得罪，自謂「全生天地仁」。

　　嚴維〈贈別劉長卿時赴河南嚴中丞幕府〉一詩云：

　　　　早見登郎署，同時跡下僚。幾年江路永，今去國門遙。

　　　　文變騷人體，官移漢帝朝。望山吟度日，接枕話通宵。

　　　　萬里趨公府，孤帆恨信潮。匡時知已老，聖代恥逃堯。

明知已老仍存用世之心。這是劉長卿好友之一嚴維的見證。

　　從以上數首詩作中，可發現長卿深刻用世憐民的志向與懷抱。然而一方面他也亟需情意的調適，就他性情所鍾，徜徉於自然山川。因此，一生近八十歲的悠悠歲月中，不時可以結緣林泉田園。尤其每每在貶謫、掛冠求去的情況下，酷好自然的性情尤為濃烈。試讀他的〈罷攝官後將還舊居留辭李侍御〉一詩末了云：

　　　　世累多行路，生涯向釣磯。榜連溪水碧，家羨渚田肥。

　　　　旅食傷飄梗，巖棲憶采薇。悠然獨歸去，回首望旌旗。

〈避地江東留別淮南使院諸公〉一詩也申明惟以漁隱寄託餘生：

　　　　此去行持一竿竹，等閒將狎釣漁翁。

（二）柳宗元

　　每一位自然詩人的形成，都有共同的基本特質，性稟閑淡，崇尚山野田園。因此在同一個世代同一個環境中，比常人更能冥契自然，而發清夷淡泊之音。但是，在諸多自然詩人之中，其一生時空命運的遭遇不同，所面對的外在環境不同，往往使每一位自然詩人的產生有其個別性。像王維就是因為安史之亂認賊為官的贖罪心腸，加促他歸向田園，安禪修佛，進而與自然合而為一，寫出無數的自然詩作。曠

世詩人柳宗元，也成其爲唐代重要自然詩人之一，亦有其主要導因。

柳宗元十四年多的貶謫歲月，仕宦生涯喪送了大半以上；如此飄泊的爲官生涯，終究使他不得不韜晦，不得不對生命發生強烈的留戀，官場社會逼得他不得不對生命作深情的呼喚，而此中，永、柳二州的山山水水卻吸引住他，向他親切的招手，終而成爲他唯一的知己。柳宗元不再爲人世的一切浮名而眷戀，永、柳二州的山水，也不再寂寞。

柳宗元早歲已頭角崢嶸，四歲時即諷頌古賦，父親柳鎮守正疾惡不懼、母親范陽名門盧氏，從小奠定典雅方正的性情。二十一歲中進士，廿六歲考上博學宏詞科。然守正不阿的本性，到處代人伸冤，人稱「狂疏人」，結果招致君貶，貞元十七年秋，降爲藍田尉。從此貶謫不斷流浪飄泊未止。

尤其德宗駕崩，順宗失語時，柳宗元曾參與「永貞新政」，奈何事未成，演成「二王八司馬事件」。〔註 68〕事件前後妻楊氏死（貞元十五年）二姊死（貞元十六年）母親盧太夫人死（元和元年），順宗皇帝亦崩（元和元年），一連串重大事故的發生，確使柳宗元精神承受空前的打擊。它意味政治生涯的結束，也意味親情生命的斷層，更殘酷的該是理想的幻滅。

貶謫永州十年對柳宗元並非痛苦，永州山水鍾秀，南有九疑山，北有衡山餘脈，西南有越城嶺和都龐嶺，翠綠的瀟湘又蜿蜒其間。〔註 69〕柳宗元上高山、入深林、窮迴流，可以盡排惝慄苦痛。

元和十年遷官爲柳州刺史，再見雜樹參天，野草沒徑，人煙稀少的荒涼世界。從此柳宗元心如止水不慕北返，而正視既爲民僕當下落實的意義。柳州刺史任內，大力興革教化，弘揚儒教，用佛變夷，以廟宇爲學校，開化地方。

從政餘暇，不忘情伐山取徑、寶覽山水，栽竹蒔花。他〈種柳戲

〔註 68〕見林子鈞《山水知己柳宗元》（台北：莊嚴），頁 26～27。
〔註 69〕同註 68，頁 40。

題〉：

> 柳州柳刺史，種柳柳江邊。談笑爲故事，推移成昔年。
>
> 垂蔭當覆地，聳幹會參天。好作思人樹，慚無惠化傳。

柳宗元之田園山水詩，怡悅閒澹，而無頹廢悲觀心情的表現，頗不像是一個被貶謫的逐臣所作。他不像高臥雲林，不求祿仕的隱者，也不像逐臣廢吏，身處荒陬，神馳魏闕；終能寫出像〈漁翁〉、〈江雪〉的空靈佳作來：

> 漁翁夜傍西巖宿，曉汲清湘燃楚竹。
>
> 烟消日出不見人，欸乃一聲山水綠。
>
> 廻看天際下中流，巖上無心雲相逐。

> 千山鳥飛絕，萬徑人蹤滅。
>
> 孤舟簑笠翁，獨釣寒江雪。

「靜觀萬物皆自得」的體現充分流露。胸中丘壑的造化，正是他多年的貶謫，對自我生命的省察體悟。誠如上述，山水因柳宗元而不寂寞，柳宗元也因自然詩的完成，獲得超越。

小 結

探究影響因素不可忽視的是，不可把每一個因素單一對象化。例如當在追求政治的原因時，我們不容專把「政治——自然詩」孤立看待。畢竟，「政治」之所以成其原因，必有許多其他因素烘托交織而成。而「政治」在形成唐代自然詩的原委中，它也會影響到其他的原因，一併影響給自然詩。例如「政治」必關涉到「社會」，也影響到佛老隱逸思想的興衰。又例如「政治」的均田制改爲莊園制，莊園制又與禪院叢林制有所關連。又例如隱逸遊歷山林寺院爲山水詩畫形成的基因，然而山水畫又引導自然詩的產生。這是特點之一。

唐代承續魏晉南北朝可說是全面的。社會、歷史、思想及其他藝術的原因都有深刻的影子。魏晉玄學興盛的結果，引起了中國藝術精神的普遍自覺，這一影響，使人與自然更加的結合，這是自然詩形成

原因特點之二。

　　在「內因」的探究中，不管是消解自然的情意與之志向抱負的衝突，亦或消解內在世界的愧疚心靈，外在環境的偃蹇挫敗，我們發現大自然具有撫慰、平衡人心的功效。唯有透過對大自然的吟詠、接納與認同，才能超越寂寞、孤獨與困頓，獲得落實的人生。此賴以大自然作爲「消解」內在不平的憑藉，實是自然詩形成原因的特點之三。

第四章　唐代自然詩之心靈境界探索

　　境界一詞自王國維以後成爲文學批評與欣賞常用的術語。境界並不僅具有描述文學內涵的功能，同時亦具有評估價值的功能。王國維《人間詞話》云：「能寫眞景物眞感情者，謂之有境界。」須有「眞」的貞定，才有「境界」可言。「眞」乃是不虛假不雕飾，誠可謂「自然」。就主體心靈而言，能忠於自然的性情與感覺經驗而不虛假，就表現技巧而言，能忠於自然鮮活的語言而不雕飾。當主體性情及感覺經驗之自然眞切，與之表現技巧之自然鮮活，二者形成內外相表裏的有機關聯，方有「境界」可言。〔註1〕

　　本章談心靈境界探索，指心靈之體，即詩人主體性情而言，偏重在詩人創作的內在探索，試圖對唐代自然詩之內在情性作一剖析。

　　一首詩往往有不同的境界呈顯，如王維〈輞川閒居贈裴秀才迪〉：

　　　寒山轉蒼翠，秋水日潺湲。倚杖柴門外，臨風聽暮蟬。
　　　渡頭餘落日，墟里上孤煙。復值接輿醉，狂歌五柳前。

在一片靜寂清溪之前，一喻爲楚狂，一自比陶公，然不見狂傲氣，此乃絢麗之後的平淡，是看穿一切忘懷得失的「曠達」。然而中間四句亦不失是「沖淡」的高格。

　　同時，一位詩人的心靈世界也不盡然只限於一種心靈境界的表

─────────────────────

〔註1〕參見顏崑陽「境界」《文訊》第十八期。

現，他可有蓬勃富有生意的自然情性，也有時可以有物我和諧的心境。因此，本章「作品研究」的內在剖析，不求僵化的二分法，將一首詩強硬的只歸爲一種心靈境界的呈現。

本章揭示唐代自然詩之心靈境界，期能成爲檢視每一首自然詩、每一自然詩人的依據，此乃最大目的。當中，每一境界並無高下、大小之價值判斷，然其彼此間卻有連帶關係，相互烘托影響。

「沖淡」、「無我」是屬無造作之心靈境界；「曠達」、「疏野」是屬經驗層次之心靈境界；「空靈」乃屬表現層次之心靈境界；「和諧」、「生意」則屬對客觀萬物各自如此的心靈境界。以下分爲七節詳述：

第一節　沖　淡

所謂「沖淡」，司空圖《詩品》以爲：

> 素處以默，妙機其微。飲之太和，獨鶴與飛。
>
> 猶之惠風，荏苒在衣。閱音修篁，美曰載歸。
>
> 遇之匪深，即之愈希。脫有形似，握手已違。

沖即虛《老子》云：「道沖而用之，或不盈；淵兮似萬物之宗。」又曰「大盈若沖，其用不窮。」曾師昭旭〈論文學之虛〉乙文云：「這虛原是一無內容的有，無內容而說之爲有者，是因它所有的只是無限的可能，『可能』並不等於無有，但又還不是已有，所以只好說之爲虛。而這蘊涵無限可能的虛，便是生命之所以爲生命的要義所在。文學是生命的最逕直表示，所以這虛也就是文學藝術之所以爲文學藝術的精神所在。」(註2) 唯具沖虛，可以深遠無窮。淡有淺近平易之義，恬靜安定之狀。《莊子‧刻意》云：「無不忘也，無不有也，澹然無極，而眾美從之。」我們說深遠而恬靜，應是「沖淡」的主要內涵。一首詩，看似淺近，其實意境深遠；看似虛無寂滅，其實於恬靜中顯露精神；看似不著邊際，其實調和融合，意在言外。要能「沖淡」，必須

〔註2〕見曾師昭旭〈論文學之虛〉《文學的哲思》（台北：漢光），頁47。

「素處以默」，不爲物遷，不爲情移，獨處枯然兀坐，心無雜念，志在古樸；處於繁華世塵競逐之中，不求聞達，矢志自守。譬如李白〈獨坐敬亭山〉：

> 眾鳥高飛盡，孤雲獨去閒。相看兩不厭，只有敬亭山。

由「眾」而「孤」，托出「獨」字，已有「素處」之意。「相看兩不厭」，刻畫「默」的境界。唯其能「素處以默」，自然「妙機其微」，知我者其山乎——唯有敬亭山。

王維〈竹里館〉亦是「素處以默」之作：

> 獨坐幽篁裏，彈琴復長嘯。深林人不知，明月來相照。

獨坐幽篁，彈琴長嘯，遠離塵世，林深人不知，自我樂陶融。明月相照能彰顯出適意之樂，而明月不僅照亮了四周的景物，更進入隱者的心靈，與之相融，燃點隱者的生命，亦可謂「妙機其微」。〔註3〕劉慎虛〈闕題〉一首：

> 道由白雲盡，春與青溪長。時有落花至，遠隨流水香。
>
> 閒門向山路，深柳讀書堂。幽映每白日，清輝照衣裳。

詩中不僅飄散閒逸之情，亦富深遠恬靜之境。「深柳讀書堂」，可爲「素處以默」；因具足恬靜，終能「妙機其微」，而物我合而爲一。白日爲自然，衣裳是我，我衣深得白日清輝的幽映。

情景交融、主客合一的自然詩作，大抵都有沖淡的心靈境界。以下試圖從詩作之敍述對象分析其沖淡境界。包括「藉自然物以見沖淡」、「藉社會人以見沖淡」、「飲之太和、美曰載歸」：

一、藉自然物以見沖淡

所謂自然物乃是「自然界」，泛指山水田園、花草樹木、星辰天象……等，往往藉著它展現沖淡，如常建〈漁浦〉：

> 春至百草綠，陂澤聞鶬鶊。別家投釣翁，今世滄浪情。
>
> 縕紵爲縕袍，折麻爲長纓。榮譽失本眞，怪人浮此生。

〔註3〕參見詹幼馨《司空圖詩品衍繹》（台北：仁愛），頁 12～14。韓文心
　　　《一代高人王右丞》（台北：莊嚴），頁 156～158。

碧水月自澗，安流淨而平。扁舟與天際，獨往誰能名。

藉著碧水映月，平靜清流，來反映一葉扁舟任翱翔的沖淡風貌。王維〈青谿〉一首，也以清流垂釣來表現出沖淡的境界：

言入黃花川，每逐青谿水。隨山將萬轉，趣途無百里。
聲喧亂石中，色靜深松裏。漾漾汎菱荇，澄澄映葭葦。
我心素已閒，清川澹如此。請留磐石上，垂釣將已矣。

人心之閒與清溪之澹相契合，呈現絢爛之後亦歸平淡的淡泊世界，所以主人翁願留磐石垂釣，終其一生。綦毋潛〈春泛若耶溪〉：

幽意無斷絕，此去隨所偶。晚風吹行舟，花路入溪口。
際夜轉西壑，隔山望南斗。潭煙飛溶溶，林月低向後。
生事且瀰漫，願爲持竿叟。

以閒適之心樂好山林，願是持竿一老翁，任隨飄流，更可由「晚風」一句見出沖淡。柳宗元〈漁翁〉：

漁翁夜傍西巖宿，曉汲清湘燃楚竹。
煙銷日出不見人，欸乃一聲山水綠。
迴看天際下中流，巖上無心雲相逐。

全首沖淡之情，藉著無心出岫而相互競逐的雲來反映。王維〈送別〉：

下馬飲君酒，問君何所之？君言不得意，歸臥南山陲。
但去莫復問，白雲無盡時。

乍看君有所不適，然沖淡眞情亦藉白雲而顯露無遺，再也沒掛礙的。白雲不僅代表空靈超俗，悠悠然來去自如，也代表永恒，不似世間榮華富貴總有盡頭。〔註4〕

孟浩然安於田園山居的〈采樵作〉，亦可窺見沖淡的詩風：

采樵入深山，山深樹重疊。橋崩臥槎擁，路險垂藤接。
日落伴將稀，山風拂薜衣。長歌負輕策，平野望煙歸。

一是自自然然的山風輕拂，一是野戶的煙吹，但已融爲自然景物，親切的迎接，使樵夫不免觸發與之俱歸之願。

當然，自然詩並不只限以一自然物得見其沖淡風貌，往往也有些

〔註4〕同註3《一代高人王右丞》，頁185～189。

自然詩，藉多種自然物一再烘托而見沖淡的境界，譬如王維〈輞川閑居〉：

> 一從歸白社，不復到青門。時倚簷前樹，遠看原上村。
> 青菰臨水拔，白鳥向山翻。寂寞於陵子，桔槔方灌園。

沖淡的心胸，藉著映於白水的青菰，以及白鳥翻飛青山，宕出遠神。又如丘為〈題農父廬舍〉云：

> 東風何時至，已綠湖上山。湖上春已早，田家日不閒。
> 溝塍流水處，來耜平蕪間。薄暮飯牛罷，歸來還閉關。

質樸的農家生活，縱然日日不閒，然字裡行間之「東風」、「湖」、「流水」等，皆呈安逸平和，毫無倦意，亦是恬靜致遠的沖淡詩作。

二、藉社會人以見沖淡

所謂「社會人」乃相對於上一目「自然物」而言，一為「天」，一為「人」；不只是詩中人物有沖淡之情，在人類社會人與人相交往中，亦可見沖淡的境界。

形成自然詩之首要風格「沖淡」的關鍵，主要在於詩人能「素處以默」、「飲之太和」，雖「獨鶴與飛」，亦必能與天地萬物交融，物我不隔，而「妙機其微」。因此靈山知我心、明月來相照、天光照我衣，「猶之蕙風，荏苒在衣」，更如「閱音修篁，美曰載歸」而能審音與竹聲同駐，同歸於淡遠恬靜之鄉。王維〈終南別業〉談中歲以後，晚家終南山，能好自然之道，素處以默：

> 興來每獨往，勝事空自知。行到水窮處，坐看雲起時。
> 偶然值林叟，談笑無還期。

「興來」正表現隨機而化，沖虛淡泊為懷，能行坐於不著意之間。張師夢機曾分析說：「『行』不為何事而行，『坐』不為等待而坐。有路即行，無路即止。沒有目的，也沒有必然要走的路，更沒有必然不走的路。只是順著自然之勢，隨溪而行，溪盡，便又隨意坐下來，坐著也不是為了等待什麼，有雲起來，便看看雲也好。這完全是一種無意、無必、無固的境界。一切在不著意之間，自在流出，而無所黏滯。這

對我心即是自然,自然即是我心,完全冥合無間了。」〔註5〕不只可以陶然於水湄之處,坐看雲起之時,而獲得自然秀麗山川乃至天光明月的照拂,亦可獲至人心的接納「談笑無還期」,而且是「偶然」相遇,全無約定,豈非千載難逢?這當中即是沖淡的靈妙,涵「虛」中有無限的可能,決不造作,全是隨機。

我們也發現,除了藉自然物之外,自然詩中的「人」、亦或詩中的「人與人」之間,也都可以嗅出沖淡的情懷。例如:王維〈酬張少府〉多是寫情之句,猶言不如歸去,隱居山林,自適本性:

> 晚年唯好靜,萬事不關心。自顧無長策,空知返舊林。
> 松風吹解帶,山月照彈琴。君問窮通理,漁歌入浦深。

深遠恬靜的沖淡風貌,正似深浦裏隱約聽到漁歌那樣。漁歌是漁人的歌唱聲,依然在詩中肩負著沖淡的媒體。王維另一首〈山居即事〉,雖寫寂寞之情,然而末了沖淡風貌卻溢於言表:

> 渡頭煙火起,處處採菱歸。

採菱歸來的樸實田農,洋溢著的是沖澹平和的氣象。

從詩中之社會人而見沖淡風格,似乎原與司空圖所謂「飲之太和,獨鶴與飛」有別。其實不然,人間相與交通心思靈明的共會,也有「獨鶴與飛」的境界。到底,詩人完全的「沖淡」,必然能夠視天地萬物如一,「物」與「人」毫無對立分別可言,依然都能展現出深遠恬靜的一面。相反的,倘若有分別性的展現,其沖淡之情是有窮的。詩人有素處以默的胸懷,他不只如上述詩例個人直接與天(自然物)與人(社會人)「美曰載歸」。當他所描繪的自然景物,亦可以透露那一份「妙機其微」的情趣與實境。儲光羲有一首〈詠山泉〉:

> 山中有流水,借問不知名。轉來深澗滿,分出小池平。
> 恬澹無人見,年年長自清。

詩人不著意間,在詩之自然物與社會人中可以流露出沖淡境界,那怕是刻意的專詠,如〈詠山泉〉一詩所呈現的境界,依然也是沖淡恬靜。

〔註 5〕見張師夢機等選註《江南江北》(台北:長橋),頁 60。

三、飲之太和，美曰載歸

　　自然詩沖淡的特色就是個人直接與天與人「美曰載歸」達到神與物化的境界。例如王維〈鳥鳴澗〉：

　　　　人閒桂花落，夜靜春山空。

　　　　月出驚山鳥，時鳴春澗中。

詹幼馨解說：「似在人世，又非人世；似已超塵出世，實際還在人間，月出之所以能驚山鳥，因為山鳥不能凝一。『月出驚山鳥』，任其『時鳴春澗中』，而無動於中，而無損於我的凝一。鳥鳴之聲遠遠地勝過花落之聲，花落之聲不可聞而可聞，鳥鳴之聲可聞而不可聞……」〔註6〕山鳥不能凝一，然詩人沖淡凝一，神與物化，超越其中而獲得寧靜。王維〈山居秋暝〉亦為一例：

　　　　空山新雨後，天氣晚來秋。明月松間照，清泉石上流。

　　　　竹喧歸浣女，蓮動下漁舟。隨意春芳歇，王孫自可留。

自然詩在表現「沖淡」的幽靜境界，往往有一特色，是有熱鬧的動態感，活潑的畫面，反而表現出幽靜的境界來。一般人紛有「動中顯靜」或「寓靜於動」的說法。明月、清泉、浣女與蓮舟的熱鬧，不但不造成喧擾，反而造就了寧靜。似乎幽靜與熱鬧之間既對立又統一，既相反而又相成的關係。〔註7〕此亦正是自然詩骨子裏獨有的血液，亦是中國特有的自然觀所在，是既內在而又超越。內在化即是一方觀其美，更能即於物，不像西方把自然外在化於無限的宇宙生命或神的意旨。誠如葉維廉所述：「他必然設法把現象中的景物從其表面上看似凌亂互不相關的存在中解放出來，使它們原始的新鮮感和物性原原本本的呈現，讓他們『物各自然』的共存於萬象中，詩人溶滙物象，作凝神的注視、認可、接受甚至化入物象，使它們毫無阻礙地躍現。」〔註8〕「鳶飛戾天，魚躍於淵」（詩經・大雅旱麓）萬物的生住異滅，

〔註6〕同註3《司空圖詩品衍繹》頁16。

〔註7〕參見劉逸生《唐詩選講》（台北：木鐸），頁28～32。

〔註8〕見葉維廉〈中國古典詩和英美詩中山水美感意識的演變〉《比較詩學》（台北：東大），頁144。

只要在我的內在化眞誠觀照湊泊中，必然都是生趣異常。可是詩人又不黏著於自然萬物，能夠透過自然之形色而超越，達於忘我忘物的解脫境，似是無心無物，像本首詩中「空」、「照」、「流」、「隨意」等涵意，都已是跳躍超越於人間眞誠相待的活動之上。

除了上述諸例外，像王維輞川集〈欒家瀨〉，司空曙〈江村即事〉，白居易〈遺愛寺〉等，也都神與物化而呈現出沖淡境界。

第二節　無　我

唐代自然詩較諸一般題材詩最大不同是多純景物的描寫。就詩中的物質空間而言，的確是以大自然的景物爲主，而這當中吾人也發現一特出的質性，即是自然詩少有詩人內心個別複雜情感的發抒，少有知性的議論與遺懷，也少有抽象性的描述。大抵詩人們所表現的都是大自然最原始最本來的狀態，毫無概念化形跡可尋。

吳可道《空靈的腳步》一書曾分別陶淵明與王維：一是詩淡而心不淡，一是心淡而詩不盡淡；一是較主觀的有我，一是較客觀的無我；一是仍在感性中浮沈，一是已入悟性之層次。[註9] 我們的確可以在陶詩中多少見到以自我爲中心的詩篇，反而王右丞詩集中少有他自己太多的影子。然而此二人在中國詩史仍算是拙於自我宣傳者。大凡偉大的詩人往往能以高度的表達技巧，藉著作品來表現自我介紹自我，或寫理想、夢幻、志趣、個性、才華，亦或寫自我的執著、解脫的蛻變歷程。有唐一代，自然詩人承繼魏晉以來的思想，靜觀自然，歸返自然，能有眞清雅靜，澹遠淳樸的胸懷，與物泯然爲一，寫出沖淡、曠達、疏野、空靈的自然詩作，明究天人圓融的和諧關係，都不再以自我觀念爲中心。

往往詩人內心常爲理想與現實的衝突，出入世的抉擇，亦或爲世俗人身的羈絆困惑、生命原始的虛無荒謬……等，而表現出個人內在

〔註9〕參見吳可道《空靈的腳步》（台北：楓城），頁 115～125。

的無限深情，並且結局往往是悲劇的色彩居多。曾師昭旭「文學家的生命型態」講演中，〔註10〕曾斷爲文學家的生命型態是悲劇性的，以爲文學家不似修道士亦或行動家，雖現實性薄弱，然能對理想加以鑽究，亦或理想性淡薄卻能有充沛的行動力。文學家對現實有極濃烈極深切的愛，無人不愛，以至無一可愛。文學家往往會不加分析地直接感受理想的存在。他對現實與理想都有感而無知，只呈跳躍式的關係。對理想望之深，而不知其曲折性詭譎性，對現實也不知其複雜性。所以始終無法圓融於今世。可是，他仍有莫大的貢獻，扮演極爲重要的角色。因爲，他們自內心所抒發的作品，無非可以提供偏於理想境中的人們，一份熱愛人世的衷情。相反的，他們也可以使時時關懷現世的行動者，多一份理想的沈思與貞定工夫。然而文學家眞是介於理想與現實，悲其一生？那倒也不然，文學家仍有其消解的途徑，安身立命之所，那就是充分的體認自己，承受自己既有的悲劇苦悶——然而正因爲如此——一旦接納就不再有悲劇。

　　自然詩所表現的世界，看不見激盪的悲情，也不見理想與現實苦悶的吶喊，而是當下接納，從容的渾然的與萬物爲一，毫無悲劇型態可言。吳可道曾分別自然詩人與其他詩人間的不同說：

> 只不過陶山人是他們之中唯一能透視悲劇的時代與悲劇的世界，靜靜地從「側面」穿過此「荒謬」的悲劇人生，並循著「人生似幻化，終當歸虛無」的「大」覺悟，去探索「存在」背後的「眞」意義，然後，「身歸自然」、「心入平淡」。〔註11〕

當詩人能當下體認自我的悲劇性，當下滲透。此時，我們必會發現自然詩在純然天人圓融的和諧關係中，似乎是看不見自我的表現。

　　「無我」是泯除人我間的對立而言。

　　詩人抒寫無對立的作品，一則詩人契入自然，一則將自然人格化

〔註10〕參曾師昭旭74年10月29日高雄文化中心講演「文學家的生命型態」。
〔註11〕同註9，頁34。

了，使一切自然生命栩栩如生交融和諧一體，所謂「內在的意境外在化」、「外在景觀內在化」而達於一般所謂「情景交融」。

王維七律〈積雨輞川莊作〉一首：

積雨空林煙火遲，蒸藜炊黍餉東菑。
漠漠水田飛白鷺，陰陰夏木囀黃鸝。
山中習靜觀朝槿，松下清齋折露葵。
野老與人爭席罷，海鷗何事更相疑？

廖炳惠就此首說明「去除中心」：

從詩的開頭一直往下看，自然與他物好像愈來愈佔重要的地位。開始四行表達出自然的意象，主體儼然是掃過景觀的攝影眼，第五、六行，「習靜」之人正觀察當天開放的花或折露葵，但一提及楊朱、海鷗的故事，人的中心地位便被去除：舍者，煬者移替了楊朱的位置，逼楊朱離席，讓出中心地位，變成羞辱的對象。最後一行裏，海鷗反而站在上風，以其權威質疑人的權威性。整個人為的階級等第，遂因人之「去除中心」，把相對的位置轉移給自然、他人，使他人、邊際、平等的人物居處中央，而告瓦解。〔註12〕

王維〈鳥鳴澗〉，他認為鳥鳴成了意識中心，詩中桂花之落與月出、驚山鳥正是詩中活力所在，人似乎只立於邊際的位置，人「閒」有其「空」間作用，以吸收外在不盡的世界，他說：

人的現存主宰性遂被質疑，以人類意義為中心所導出的邏輯結尾或概括也因而未能達成。「空」不僅修正了人與世界的關係，同時也暗示主體必須與他物產生關連，以打破唯我論。〔註13〕

以上的引文主要是想藉研究西洋文學之詞說明白自然詩的泯除物我、人物的對立。然個人並不贊同廖炳惠對主體性的說法。到底中國自我傳統中所衍生的藝術境界之證入，應是道家所謂的「心齋」「坐

〔註12〕見廖炳惠〈人稱代名詞之刪略〉《解構批評論集》（台北：東大），頁299～300。
〔註13〕同註12，頁301。

忘」，能「以物觀物」，以至「主客合一，物我兩忘」。而不是硬把主體立於邊際地位。自然詩除了天人合一、情景交融外，本節主要發現它的「無我」，少有個人主義色彩，不以自我爲中心的特色。王維輞川集、皇甫嶽雲谿雜題大多有此特色。又例如綦毋潛〈宿龍興寺〉：

> 香刹夜忘歸，松青古殿扉。燈明方丈室，珠繫比丘衣。
>
> 白日傳心靜，青蓮喻法微。天花落不盡，處處鳥銜飛。

以及裴迪〈竹里館〉：

> 來過竹里館，日與道相親。出入唯山鳥，幽深無世人。

以上兩首雖有人在，但並不以人爲中心，它們同是透過鳥來作結，泯除物我的對立，而顯現一份禪道思想。王維深富禪趣的精彩五絕，都可以發現其陶然忘機、泯除自我而顯現其無言獨化的境界。

第三節　曠　達

　　自然詩第三個精神境界之特色是「曠達」，看穿一切，忘懷得失，自求解脫。詹幼馨《司空圖詩品衍繹》說得好：

> 它不同於「豪放」中的「處得以狂」，
>
> 它沒有「處得以狂」那種傲氣、盛氣；
>
> 它也不同於「沖淡」中的「獨鶴與飛」，
>
> 它沒有「獨鶴與飛」那種閑情、逸志；
>
> 它又不同於「悲慨」中的「富貴冷灰」，
>
> 它沒有「富貴冷灰」那種悲觀、失望。〔註14〕

「曠達」是開朗而沒有矛盾地放得下，即使有了矛盾，也是得到統一了的、已成爲過去了的矛盾。

　　自然詩作的形成當不免有人生頓挫、家國紛亂的原因，詩人經過了一番反芻之後，所表現的往往是曠達的詩風。

　　楊振綱《詩品解》所謂「曠達」：

> 迂腐之儒，胸多執滯，故去詩道甚遠，惟曠能容，若天地

〔註14〕同註3《司空圖詩品衍繹》頁48。

之寬，達則能悟，識古今之變。所以通人情，察物理，驗
政治，觀風俗，覽山川，弔興亡，其視得失榮枯，毫無繫
累，悲憂愉樂，一寓於詩，而詩之用不可勝窮矣。

孫聯奎《詩品臆說》更有洞見：

> 曠，昭曠；達，達觀。胸中具有道理，眼底自無障礙。

其實，詩人之所以能容天地之寬，識古今之變，而不繫累於世間種種
掛搭，胸中實是具有一份理念在。經歷人生種種的際遇，從體驗挫折
或修持鍛鍊中，悟得處世的態度，也看清人生的眞相。一般而言，詩
人們大抵都是在傳統儒、釋、道的思想的庇蔭中獲得安定。像王維獲
得了釋、道的思想解脫，他一首〈輞川閒居贈裴秀才迪〉云：

> 寒山轉蒼翠，秋水日潺湲。倚杖柴門外，臨風聽暮蟬。
> 渡頭餘落日，墟里上孤煙。復値接輿醉，狂歌五柳前。

詩人高潔的情懷，在一片靜寂清淡的環境中，兩人一喻爲楚狂接輿，
一自比陶公五柳，輝映出一份耐人尋味的曠達來。其中，不見狂傲氣，
亦不見充分的閑情逸致。我們可以發現那是絢麗之後歸於平淡的生命
個體，雖看不到悲觀失望，但往日的痕跡，寄寓其中。

柳宗元〈溪居〉亦爲一例：

> 久爲簪組累，幸此南夷謫。閒依農圃鄰，偶似山林客。
> 曉耕翻露草，夜榜響溪石。來往不逢人，長歌楚天碧。

柳宗元貶謫永州，看破俗情，第一、二句反言「幸此南夷謫」、「幸」
實乃放得下一切的矛盾困阨。因爲三句以下的溪居生活已達洒脫清
新。「長歌楚天碧」，乍看實是咽下多少眼淚寫就，可是末了下一「碧」
字，又令人收起冰炭懷抱的遐想；再反觀「長歌」，是解脫是放懷得
失的清夷淡泊之音了。沈德潛《唐詩別裁》曾云：「愚溪諸詠，處連
蹇困厄之境，發清夷淡泊之音，不怨而怨，怨而不怨，行間言外，時
或遇之。」在怨與不怨間，正表現出詩人由有所求到無所求的生命歷
程，這也正是曠達不同於疏野之無所求而順情適意，自得其樂。

司空圖《詩品》說「曠達」：

> 生者百歲，相去幾何。歡樂苦短，憂愁實多。

　　何如尊酒，日往煙蘿。花覆茆檐，疏雨相過。

　　倒酒既盡，杖藜行歌。孰不有古，南山峨峨。

「人生苦短，韶華易逝，由生而死，其間相去，曾無幾何，一瞬即至，轉眼成空。其中歡樂苦短，憂愁實多，何不長攜樽酒，遨遊烟蘿山水以自適，於雜花滿覆之茅簷下，風雨故人，相過夜話，此中唯化機之感，無塵緣之牽，酒盡行歌，其樂無比。人生自古誰無死，而南山聳然高峻，萬古長存，唯有自然之生命，永恆不盡，人能悟此，可謂眞曠達矣。」〔註15〕眞曠達是看透人生眞相而開朗而歸於平淡。盧象〈鄉試後自鞏還田家因謝鄉友見過之作〉末四句以酒自慰：

　　浮名知何用，歲晏不成歡。

　　置酒共君飲，當歌聊自寬。

與鄉家舊識老農投暝相視，自覺浮世之名不足取，甘於田家閒適自然之樂，而對酒高歌，是充分的「放得下」。

　　上章自然詩形成的原因中，曾列舉歸隱山林及田園生活的飄逸，亦是形成的原因之一。的確，當詩人在混世中，萬般的疲憊、失意、迷惑與躁進，只要歸向田園山林，俯仰其間，緊鎖的眉頭當會鬆弛，繁亂的思緒亦被理清，受傷的心靈得到撫慰，精神也會獲得舒展而有智慧與喜悅。畢竟，生命是來自大地，來自自然，那裏是一片豐饒的世界，一處美好親切的人類故鄉，一切都將從這鍾情的母性世界，獲得解脫，獲得安頓。〔註16〕王維〈輞川別業〉不但因此放得下一切，更欣見勃發的生機，進而隱居自樂無所求，詩云：

　　不到東山向一年，歸來才及種春田。

　　雨中草色綠堪染，水上桃花紅欲然。

　　優婁比丘經論學，傴僂丈人鄉里賢。

　　披衣倒屣且相見，相歡語笑衡門前。

末了兩句，見到放懷高蹈的舒暢感。而第一、二句深知詩人睽隔既久，重訪故園；從俗世的有所求，回歸到田園的無所求。詩人直觀到隨水

〔註15〕見黃美玲《唐代詩評中風格論之研究》（台北：文史哲），頁95～96。
〔註16〕參見陳幸蕙《采菊東籬下》（台北：故鄉），頁1～11。

飄浮的桃花落瓣，春雨沖洗的草原春色，因此放懷得失，披衣倒屣，相歡語笑。類似此詩崔興宗有一首〈酬王維盧象見過林亭〉：

窮巷空林常閉關，悠然獨臥對前山。

今朝忽枉嵇生駕，倒屣開門遙解顏。

他們都已看破紅塵，能以悠然之心來安置自己。在一番調適後，再次呈現的是放懷且無拘無束的動作，還有一幅率真的笑顏了。另外裴迪〈與盧員外象過崔處士興宗林亭〉：

喬柯門裏自成陰，散髮窗中曾不簪。

逍遙且喜從吾事，榮寵從來非我心。

榮寵的世塵本非我心，這是洞見，亦是覺悟。當詩人曉徹人生真相，他當在喬柯陰下「杖藜行歌」，甚而散髮不簪閒快活。我們不妨舉元曲馬致遠〈清江引野興〉，實可相與呼應，更明白的說出心中底話：

林泉隱居誰到此？有客清風至。

會作山中相，不管人間事，爭什麼半張名利紙？

劉長卿〈過前安宜張明府郊居〉云：

寥寥東郭外，白首一先生。解印孤琴在，移家五柳城。

夕陽臨水釣，春雨向田耕。終日空林下，何人識此情？

詩人曠達心胸，於五、六兩句見得。乍看是沖淡，然第七句詩人終日徘徊寂靜山林，沈思默想，對應第三句人物背景的交代，讓我們知道，白首先生原是官場人物，在一番仕官浮沈之後，看穿世情的陰險，功名的虛空；為了追求內心的寧靜，而掛冠求去，拂衣歸田的。〔註17〕

最後，我們要說「曠達」是心靈永無止境的獲得安定，不是片斷偶發的安寧。誠如裴迪〈崔九欲往南山馬上口號與別〉：

歸山深淺去，須盡丘壑美。莫學武陵人，暫遊桃源裏。

同時，「曠達」不因人而有所改變，其定靜的工夫，是從一番體悟，以及一份理念（思想）的維繫中得來，牢固不移。丘為〈尋西山隱者不遇〉：

〔註17〕同註16，頁93～96。

　　絕頂一茅茨，直下三十里。扣關無童僕，窺室唯案几。
　　若非巾柴車，應是釣秋水。差池不相見，黽勉空仰止。
　　草色新雨中，松聲晚窗裏。及茲契幽絕，自足蕩心耳。
　　雖無賓主意，頗得清淨理。興盡方下山，何必待之子。

「遇」與「不遇」，「待」與「不待」，在詩中毫不黏著，十分明暢的果決，其情叫人流連不已。

第四節　疏　野

　　當詩人在歷史的洪流中，飽受戰亂備嘗艱辛，亦或承受社會變格的波及而有所得失時，由於胸中具有道理在，於是能夠忘懷得失，倘徉田園山水，與自然大化共呼吸，所表現的風格，正是上一節所說的「曠達」。自然詩除了此一特色外，往往它又能呈現出頗似曠達沖淡的另一風格「疏野」。疏野近似曠達，不同者在於曠達是由於有所失而忘懷得失，而疏野乃在無意於得失，而終於有所得。野情是詩人內蘊的情感，它不須要困阨環境的逼迫使然，當詩人樂好自然田園山川，一番放懷之際——諸如前章談自然詩形成的原因中，莊園與習業山林的流連、吟詠酬唱、靜觀自得，往往在無意於得失中，獲得自然的啟示，使野情油然萌生，與之山水田園相與俱安。司空圖《詩品》稱「疏野」云：

　　築室松下，脫帽看詩。但知旦暮，不辨何時。
　　倘然適意，豈必有為？若其天放，如是得之。

楊振綱《詩品解》說：「按疏非疏略之疏，乃疏落之疏；野非野俗之野，乃曠達之野。所謂源水桃花，時時迷路，深山桂樹，往往逢人。不知此種境界而但曰疏野，則疏矣，野矣。」王維極為少見的六言詩〈田園樂〉七首，誠是疏野之作。

　　出入千門萬戶，經過北里南鄰。
　　官府鳴珂有底，崆峒散髮何人。

　　再見封侯萬戶，立談賜璧一雙。

　　詎勝耦耕南畝，何如高臥東窗。

　　採菱渡頭風急，策杖林西日斜。
　　杏樹壇邊漁父，桃花源裏人家。

　　萋萋春草秋綠，落落長松夏寒。
　　牛羊自歸村巷，童稚不識衣冠。

　　山下孤烟遠村，天邊獨樹高原。
　　一瓢顏回陋巷，五柳先生對門。

　　桃花復含宿雨，柳綠更帶朝煙。
　　花落家童未掃，鶯啼山客猶眠。

　　酌酒會臨泉水，抱琴好倚長松。
　　南園露葵朝折，東谷黃梁夜春。

《詩人玉屑》卷十五云輞川之勝：「桃紅復含宿雨，柳綠更帶春煙。
花落家僮未掃，鶯啼山客猶眠。每哦此句，令人坐想輞川春日之勝，
此老傲睨閑適於其間也。」以上諸首皆能適意鄉野情趣，無意於得失
之間，展現出「惟性所宅，眞取弗羈」的率性風格。大體而言，一般
較偏向安於田園情趣的詩作，表現出無造作的心靈境界，都有「疏野」
的風格。又例如儲光羲的〈樵父詞〉、〈漁父詞〉、〈牧童詞〉、〈采蓮詞〉、
〈採菱詞〉都可見其不加修飾的眞摯性情，而生意盎然，不事雕琢的
眞樸景物，而自然成章。〈樵父詞〉：

　　山北饒朽木，山南多枯枝。枯枝作採薪，爨室私自知。
　　詰朝礪斧尋，視暮行歌歸。先雪隱薜荔，迎暄臥茅茨。
　　清澗日濯足，喬木時曝衣。終年登險阻，不復憂安危。
　　蕩漾與神遊，莫知是與非。

除可見到樂好山林、安享天年而清澗濯足、喬木曝衣、早礪斧尋、暮
行歌歸的疏野風貌外，亦透露出明靜心懷，蕩遊遠神，不論世上之名
的胸襟。〈漁父詞〉云：

　　澤魚好鳴水，溪魚好上流。漁梁不得意，下渚潛垂鉤。
　　亂荇時礙楫，新蘆復隱舟。靜言念終始，安坐看沈浮。

　　素髮隨風揚，遠心與雲遊。逆浪還極浦，信潮下滄洲。

　　非爲徇形役，所樂在行休。

同爲無意於得失，故所樂在於行休之間，與山水沈浮如一。前六句不但順適個性，更能體察物微，尊重物性，不忘物性之本然，個性與物性都能率性適意。〈牧童詞〉云：

　　不言牧田遠，不道牧陂深。所念牛馴擾，不亂牧童心。

　　圓笠覆我首，長簑披我襟。方將憂暑雨，亦以懼寒陰。

　　大牛隱層坂，小牛穿近林。同類相鼓舞，觸物成謳吟。

　　取樂須臾間，寧問聲與音。

一寫牧童及大小牛群都能把握「惟性所宅，眞取弗羈」，以致就外表的形象而言，實具疏野之像。二是取樂只盡須臾間毫不刻意，獨說「寧問聲與音」。〈采蓮詞〉云：

　　淺渚荷花繁，深潭菱葉疏。獨往方自得，恥邀淇上妹。

　　廣江無術阡，大澤絕方隅。浪中海童語，流下鮫人居。

　　春雁時隱舟，新萍復滿湖。采采乘日暮，不思賢與愚。

又〈採菱詞〉云：

　　濁水菱葉肥，清水菱葉鮮。義不遊濁水，志士多苦言。

　　潮沒具區藪，潦深雲夢田。朝隨北風去，暮逐南風旋。

　　浦口多漁家，相與邀我船。飯稻以終日，羹蓴將永年。

　　方冬水物窮，又欲休山樊。盡室相隨從，所貴無憂患。

以上兩首分別描寫採蓮與採菱之任眞快活，由無意於得失始，又以無意於得失終，當中顯露了一番野情的樂趣。自然詩作中，一般樂好田家生活的題材，往往都所表現疏野的風格。這正是以田園爲題材的自然詩有別於社會詩中之農民詩，或純粹客觀地報導並描繪農村生活的農家詩之所在。自然詩雖以田家生活爲題材，依然會表現有農民生活的寫實，表現其生活情趣，但它最大的特色是當中能彰顯人的精神價值與心靈自由的重要性，而不落入平面式純客觀描寫農村生活，亦或專從悲憫農民生活疾苦下筆。〔註18〕吾人以爲詩中表現的自由心靈與

〔註18〕同註9，頁80～81。

精神價值，其實即是疏野的特色所在，順情適意，自得其樂，所謂「倘然適意，豈必有爲」。茲再錄幾首此類農家雜興的自然詩作，可見一斑。

儲光羲〈田家雜興〉八首之二：

> 眾人恥貧賤，相與尚膏腴。我情既浩蕩，所樂在畋漁。
> 山澤時晦暝，歸家暫閒居。滿園植葵藿，繞屋樹桑榆。
> 禽雀知我閒，翔集依我廬。所願在優游，州縣莫相呼。
> 日與南山老，兀然傾一壺。

儲光羲〈田家雜興〉八首之八云：

> 種桑百餘樹，種黍三十畝。衣食既有餘，時時會親友。
> 夏來菰米飯，秋至菊花酒。孺人喜逢迎，稚子解趨走。
> 日暮閒園裏，團團蔭榆柳。酩酊乘夜歸，涼風吹戶牖。
> 清淺望河漢，低昂看北斗。數甕猶未開，明朝能飲否？

孟浩然〈過故人莊〉云：

> 故人具雞黍，邀我至田家。綠樹村邊合，青山郭外斜。
> 開筵面場圃，把酒話桑麻。待到重陽日，還來就菊花。

王駕〈社日〉：

> 鵝湖山下稻粱肥，豚柵雞棲半掩扉。
> 桑柘影斜春社散，家家扶得醉人歸。

以上諸首都是那麼熟悉，不假虛飾，十分樸拙。尤其，在春社農祭剛剛散去，人人歡樂暢飲，「家家扶得醉人歸」的熱鬧場面，充分流露出農村疏野的風貌。又如王維〈渭川田家〉：

> 斜陽照墟落，窮巷牛羊歸。野老念牧童，倚杖候荊扉。
> 雉雊麥苗秀，蠶眠桑葉稀。田夫荷鋤至，相見語依依。
> 即此羨閒逸，悵然吟式微。

祖詠的〈田家即事〉也是疏野之作：

> 舊居東皋上，左右俯荒村。樵路前傍嶺，田家遙對門。
> 歡娛始披拂，愜意在郊原。餘霽蕩川霧，新村仍晝昏。
> 攀條憩林麓，引水開泉源。稼穡豈云倦，桑麻今正繁。
> 方求靜者賞，偶與潛夫論。雞黍何必具，吾心知道尊。

除了以描寫田家生活爲題外，尚有不少自然詩作亦具疏野的風

格。如王維的〈過李楫宅〉：

> 閒門秋草色，終日無車馬。客來深巷中，犬吠寒林下。
> 散髮時未簪，道書行尚把。與我同心人，樂道安貧者。
> 一罷宜城酌，還歸洛陽社。

丘為〈泛若耶谿〉：

> 結廬若耶裏，左右若耶水。無日不釣魚，有時向城市。
> 溪中水流急，渡口水流寬。每得樵風便，往來殊不難。
> 一川草長綠，四時那得辨。短褐衣妻兒，餘糧及雞犬。
> 日暮鳥雀稀，稚子呼牛歸。住處無鄰里，柴門獨掩扉。

丘為另一首〈湖中寄王侍御〉亦屬同格：

> 日日湖水上，好登湖上樓。終年不向郭，過午始梳頭。
> 嘗自愛杯酒，得無相獻酬。小僮能膾鯉，少妾事蓮舟。
> 每有南浦信，仍期後月遊。方春轉搖蕩，孤興時淹留。
> 驄馬真傲吏，翛然無所求。晨趨玉階下，心許滄江流。
> 少別如昨日，何言經數秋。應知方外事，獨往非悠悠。

李白膾炙人口的〈山中問客〉亦是疏野之作：

> 問余何事栖碧山，笑而不答心自閒。
> 桃花流水杳然去，別有天地非人間。

從以上例詩中，我們又發現「疏野」的內在精髓是貴在一「真」字。它無須看透人生種種，而後悟出人生的真相。相反地只要他一開始能真誠的面對人生，真實的人生自在其中，無假外求。旁人不明白這深層結構內在精髓的可貴，卻浮游於表象，總相誚於人生的旅途之中。我們不妨看看儲光羲的〈田家即事〉：

> 蒲葉日已長，杏花日已滋。老農要看此，貴不違天時。
> 迎晨起飯牛，雙駕耕東菑。蚯蚓土中出，田烏隨我飛。
> 群合亂啄噪，嗷嗷如道飢。我心多惻隱，顧此兩傷悲。
> 撥食與田烏，日暮空筐歸。親戚更相誚，我心終不移。

「安時處順」而與天地萬物同流，徹底地接納始終不悔，以前是現在也是的真誠的面對人生，構成一真實的人生。

第五節　空　靈

司空圖《詩品》「高古」云：

> 畸人乘眞，手把芙蓉。汎彼浩劫，窅然空踪。

經歷人生滄桑，能夠超越而洞察人生眞相，是謂乘眞。乘眞者，必能遠於流俗，亦能異於流俗。遠於流俗，以見其「高」；異於流俗，以示其「古」。「高則俯視一切，古則抗懷千載。」（楊廷之《詩品淺解》）高古乃是超越於現實之上。另外《詩品》中亦類同於「高古」一格的「超詣」，也說遠於流俗，所謂：

> 匪神之靈，匪機之微。如將白雲，清風與歸。
>
> 遠引若至，臨之已非。少有道氣，終與俗違。
>
> 亂山喬木，碧苔芳暉。誦之思之，其聲愈希。

「超詣」不同於「沖淡」之「素處以默」，亦不同於「妙機其微」。它主要關鍵在於「匪神之靈，匪機之微」，不刻意構思經營，乃至匠心獨運。「超詣」是「如將白雲，清風與歸」，可是一旦刻意「遠引若至」，必然是「臨之已非」的憾事。〔註19〕

既遠於流俗、異於流俗，手把芙蓉，窅然空踪，且能超脫高古之則而離塵脫俗，「匪神之靈，匪機之微」，吾人稱之爲「空靈」。

自然詩另一個風格特色即是空靈，尤其寓寄禪趣之詩，更能體會得到。如常建〈題破山寺後禪院〉一詩云：

> 清晨入古寺，初日照高林。曲逕通幽處，禪房花木深。
>
> 山光悅鳥性，潭影空人心。萬籟此都寂，但餘鐘磬音。

五六句突然轉折，承前轉入空靈，啓後「萬籟此都寂，但餘鐘磬音」，誠是高古。空靈必然是無牽擾無掛礙的，匪黏匪脫，若即若離；當寫鳥性用一「悅」字，人心自在卻不黏著，而水令人遠，卻用一「空」字。最是流傳千古飄逸四方者，當此禪院聞鐘，靜中之動，彌見其靜，實在是空靈的典型。此詩錢鍾書曾加以闡述說：「如心故無相，心而五蘊都空，一塵不起，尤名相似斷矣。常建則曰：潭影空人心，以有

〔註19〕同註3《司空圖詩品衍繹》頁42～47。

象者之能淨，見無相者之本空，在潭影，則當其有，有無之用，在人心，別當其無，有有之相，泃能撮摩虛空者矣。」〔註20〕唐君毅以爲中國之自然文學，所重視者在於觀天地之化機、生德、生意。因爲中國哲人之觀自然，乃一方觀其美，一方即於物。不像西方文學之涉及自然，除狀自然之美外，重視自然中所啓示之無限宇宙生命或神的意旨。他以爲陶淵明以後自然詩人之精神，非儒即道，可以即上即下，神運無方。他更指出中國自然文學不求透過自然之形色，以接觸宇宙生命或神的意旨，非謂中國自然文學無宗教情調。其實，中國自有另一種情調，是當其透過自然之形色而超越之時，所得之忘我、忘物、忘神的解脫境，如此亦是一虛實相涵之化境。當大解脫而忘我忘神，境界直接呈現，心與天游，似無心無物。唐君毅曾特注意詩句中之「無」、「空」、「自」、「不知」、「何處」、「誰家」等字處，皆有妙趣。〔註21〕如此若虛若實，即上即下，無心無物的自然詩，所呈現的風貌即是「空靈」。

　　李遐叔〈春行寄興〉：

　　　宜陽城下草萋萋，澗水東流復向西。
　　　芳樹無人花自落，春山一路鳥空啼。

全詩氣氛流暢，尤其氣象煞是高遠，異於流俗，一片神行，亦是飄逸空靈的作品。一切情景盡去的無我之境，乃達空靈之致。

　　「空靈」之作，必然超越現世一切的流俗，往往使人因此泯除於時空中，純任自然生機，循序運行。王維〈辛夷塢〉即爲一例：

　　　木末芙蓉花，山中發紅萼。澗戶寂無人，紛紛開且落。

「澗戶寂無人」與「山中發紅萼」成了鮮明的對比，紅萼的喧鬧不因寂靜無人而絲毫短小，依然「紛紛開且落」，晶瑩剔透凸顯出生命現象的循環，原是本然，絕不因人之知與不知而有所改變，更是「匪神之靈、匪機之微」的展現。此詩杜松柏曾以爲是禪趣之詩，他說：「禪

〔註20〕見錢鍾書《談藝錄》（影印本），頁270。
〔註21〕參見唐君毅〈中國文學精神〉《中國文化之精神價值》（台北：正中）。

人認為自性妙體，係絕對境界，非空非有，亦空亦有，機用不停，右丞殆以此空山無人之澗戶，以表此空寂之境，芙蓉紅萼，自開自落，以示機用不停。」〔註22〕遠於流俗異於流俗易達空寂之境；「機用不停」乃指無限的可能，與之「匪神之靈，匪機之微」有異曲同工之妙。

王維的〈山中〉、〈鹿砦〉、〈南垞〉也是空靈之作：

　　荊谿白石出，天寒紅葉稀。山路元無雨，空翠濕人衣。

　　空山不見人，但聞人語響。返景入深林，復照青苔上。

　　輕舟南垞去，北垞淼難即。隔浦望人家，遙遙不相識。

又〈竹里館〉亦是一神與物化之沖淡詩作，就全首而言，由沖淡悠遠而寂靜空靈。人「閒」以及桂花「落」，代表一種遺忘一種解脫，而夜靜春山之「空」，更是觸及永恆的「空」，誠是高古超詣的空靈。因此「月出驚山鳥，時鳴春澗中」已泯除人我的掛搭，「鳥」代表了「主體生命」，亦是春的代表，「時鳴春澗中」，誠是天籟。

王維〈雜詩〉：

　　君自故鄉來，應知故鄉事。來日綺窗前，寒梅著花未？

劉大杰《中國文學發展史》中，以為此詩對現實社會完全閉住了眼〔註23〕。其實，說穿了即是高古超詣的表現，不同於流俗，不問別來無恙，反顧寒梅，簡潔悠揚，餘韻無窮。

柳宗元〈江雪〉深富佛理，詩中亦能漾出空靈境界：

　　千山鳥飛絕，萬逕人蹤滅。孤舟簑笠翁，獨釣寒江雪。

前二句意境寬潤，然突下「絕」、「滅」二字，不禁有種「言語道斷，心行路絕」的感覺。其實，詩境上仍有無限寬廣的可能，蕩在胸中。由空廓的千山以至萬逕、一葉孤舟、一絲釣竿，不斷在濃縮中，最終隨著細微釣絲的指向，沒入更寬潤的銀白江雪之中。〔註24〕雖然畫面上萬般枯寂，但從老叟的「獨釣」中，令我們讀到「靜觀萬物皆自得」

〔註22〕見杜松柏《禪學與唐宋詩學》（台北：黎明），頁337。
〔註23〕見劉大杰《中國文學發展史》（台北：中華），頁405。
〔註24〕參見黃永武《中國詩學——鑒賞篇》（台北：巨流），頁66～67。

的胸懷。試問我們還寂寞懼怕嗎？

蘇子瞻〈書鄭谷詩〉云：「柳子厚云：『孤舟簑笠翁，獨釣寒江雪。』人性有隔也哉，殆天所賦，不可及也已。」空靈的風格往往不可憑一己臆忖，此乃天意之行，來去是窅然無蹤。

柳宗元寫出的漁翁不同於他人，端在乎他出手著力處真正異於旁人。楊牧曾解析說：「江雪首二句目的在寫空無，卻不直寫空無，反以字面的印象先把我們帶向『有』的世界，先寫『千山』和『萬徑』。在頭兩句裡鳥飛和人蹤四字出現的實際作用要否決『千山』和『萬徑』。尤有甚者，『千山鳥飛』和『萬逕人蹤』是完完全全的『有』的肯定的熱鬧世界，柳宗元分別以『絕』『滅』二字否定這已經成立的意義，以之展現雪中的空無和寂靜。兩句十字之間，從有到無，只是一刹那的把弄，『無』的存在特別明白，則因爲詩人先行布置的對比。這種技巧又見於中國山水畫裡對旅人的處理。畫家往往把驢背上的人面向一條茫茫不知所措的道路上去，有時導向畫外；導向（nowhere）其實就是導向（somewhere）。至少山水畫裡空白部分的肯定意義根本不須多說，是人人所能體會的了。『千山鳥飛絕，萬逕人蹤滅』定下畫面的空無，爲了引出第二張糊貼紙上靜止的生命。」﹝註25﹞誠是對空靈另一角度的發現。

後二句吾人以爲亦是從有到無的空靈表現，「孤舟簑笠翁」面對四面八方徹骨的冰冷，依然仍有簑笠翁正堅持的獨釣，即是畫面上的「有」。但事實並不盡然，此「有」刹那又將攏回「寒江雪」的寂寥與落寞。﹝註26﹞人存在於有限且短暫的時空，終不悔追求自己的理念而獨釣江流，由一根釣絲指向無限的時空；似乎亦是「悠悠亙古下，任何有心人的共同感受」。﹝註27﹞

柳宗元〈漁翁〉是一首飄逸的漁歌，也能顯現空靈：

　　漁翁夜傍西巖宿，曉汲清湘燃楚竹。

﹝註25﹞見楊牧《傳統的與現代的》（台北：洪範），頁 39。
﹝註26﹞參見張春榮〈柳宗元的獨釣之情〉《中華文藝》十五卷四期。
﹝註27﹞同註 26。

> 煙銷日出不見人，欸乃一聲山水綠。
>
> 廻看天際下中流，嚴上無心雲相逐。

夜宿而曉來汲水燒火的漁翁，倏忽不見，然而卻在欸乃聲中，見到了山水一綠，漁船也已蕩在天際。此時，嚴上無心之雲出現畫面。如此心靈、視覺、聽覺等種種交替互補產生空靈的境界。倘再從另一個角度來說，乍看前後兩段似乎「有隔」，然卻能產生「無理而妙」的感覺來——明明是現實之人，突然一變「不見人」，但全首又始終仍有「人」在，此人已是超越的了，這正是詩人能跳脫於現世，卻又不離開現實，正是不即不離的表現。蘇東坡曾云：「詩以奇趣為宗，反常合道為趣。」（《詩人玉屑》卷十）司空曙〈江村即事〉亦是同調：

> 釣罷歸來不繫船，江村月落正堪眠。
>
> 縱然一夜風吹去，只在蘆花淺水邊。

「反常合道」、「無理而妙」，經由轉化的運用，擬人生趣，擬虛為實，化無情為有情，使無關為有關，如此無則可循，遠於流俗，異於流俗，高古超詣，臻於空靈。實如《滄浪詩話·詩辨篇》所云：「羚羊掛角，無跡可尋，故其妙處，透徹玲瓏，不可湊泊，如空中之音，相中之色，水中之月，鏡中之象，言有盡而意無窮。」

以下所列詩句也都能呈顯空靈的境界：

> 簷前花覆地，竹外鳥窺人。（祖詠〈清明宴司勳劉郎中別業〉）
>
> 寥寥人境外，閒坐聽春禽。（祖詠〈蘇氏別業〉）
>
> 出入唯山鳥，幽深無世人。（裴迪〈竹里館〉）
>
> 故人家在桃花岸，直到門前溪水流。（常建〈三日尋李九莊〉）
>
> 但去莫復問，白雲無盡時。（王維〈送別〉）
>
> 明月松間照，清泉石上流。（王維〈山居秋暝〉）
>
> 君問窮通理，漁歌入浦深。（王維〈酬張少府〉）
>
> 古木無人逕，深山何處鐘。（王維〈過香積寺〉）
>
> 谷靜唯松響，山深無鳥聲。（王維〈遊化感寺〉）

「花覆地」、「鳥窺人」、「聽春禽」、「漁歌」、「松響」……等實境處何

嘗不空靈！貴在那藝術心靈的誕生，能有所謂「靜觀」，空諸一切，心無掛礙。靜觀萬象，則萬象如在鏡中，光明瑩潔，各得其所，自會顯出如「畸人乘眞，手把芙蓉。汎彼浩劫，窅然空蹤。」的境界來。

第六節　和　諧

中國傳統思想以老莊最講自然，老莊自然思想亦最能契合藝術的精神，透過老莊思想往往可以觀照藝術主體的表現態度。顏崑陽《莊子藝術精神析論》曾標舉莊子之道與藝術之共同基性有四：「眞」、「虛」、「和」、「美」。在論證「和」時，他有一獨到而精闢的見解：

老子「和」的意義有四層：

（1）道以「和」爲性格，全一而無分別之相。

（2）萬物的生成，乃是在道的作用之下，循著異質之物融合成一的原理。

（3）萬物雖形質各殊，但在道的作用之下，相對者得以消解，異質者得以統一，而渾然成爲一個大的整體。

（4）人能抱此沖和之性而不失，便能體見沖和的常道。〔註28〕

他又說：

藝術之所以爲藝術，乃在於從外在之形式，到內在之精神氣韻，皆能得其和諧之性，而此客體之和諧則又掌握在主體精神的和諧中，而此一藝術之和諧推其極致，則又上通於天道之和諧。〔註29〕

萬物雖形質各殊，在「道」孕育關照之下，於大我的共識之下，萬物乃是一和諧的整體。藝術品、藝術家所描摹宇宙萬物生生不息之「道」，全一，都有基礎的、根本的性格是「和諧」。我們也可以大膽說，詩作的藝術表現與詩人的藝術主體心靈，都有「和諧」的基性。自然詩亦不例外，而且最是明顯。

〔註28〕見顏崑陽《莊子藝術精神析論》（台北：華正），頁139。

〔註29〕同上註，頁142。

　　我們可以肯定自然詩之所以成其為自然詩，也必有和諧的境界。不管人與人、人與物，甚而是宇宙萬物，在任何的時空，都能如如適性，互暢其樂其趣其志。我們在自然詩之源流裏發現，山水詩以興情融佳景為主，大多屬人與物的和諧狀態。田園詩則往往以人心的和樂作態為主，多寫真實安祥的樸素社會，表現出大地、農事、家庭、村莊，乃至全「生活」的本身，都能和諧共存，大多屬於人與人間的和諧狀態。亦有些空靈的自然詩作，超越了人我、物我之間的藩籬，卻能表現出萬物和諧一體的普遍狀態。茲將舉例分述如下：

一、人我和諧

　　王維的〈終南山〉最為明顯：

> 太乙近天都，連山接海隅。白雲迴望合，青靄入看無。
> 分野中峯變，陰晴眾壑殊。欲投人處宿，隔水問樵夫。

末兩句，一寫詩人自適幽韻，更寫人際的和暢，雖沒有回答，可是已宕出遠神，可以明白與野樵和諧融合的結局。再看王維〈山居即事〉一首，乍看蒼茫空寂，然而生機已活靈活現，至最末四句不但見著生養作息，亦可看到山居融洽的情形：

> 寂寞掩柴扉，蒼茫對落暉。鶴巢松樹遍，人訪蓽門稀。
> 綠竹含新粉，紅蓮落故衣。渡頭煙火起，處處采菱歸。

另外王維〈終南別業〉末二句：

> 偶然值鄰叟，談笑無還期。

「偶然」情境下，與鄰叟的談笑，何其歡暢。顏崑陽曾闡述云：「偶然碰到住在近鄰的老人，他可以和對方很愉快地談笑起來，甚至忘卻該回去的時間。在這時候，詩人忘記了知識學問，忘記了權貴地位，忘記了自我的一切。他彷彿又回到生命的本真，回到原始的一片純白。所以，他能隨緣，很快樂地與鄉野村夫談笑。這又是『無我』的自然境界。」〔註30〕

〔註30〕見顏崑陽《喜怒哀樂》（台北：故鄉），頁84。

孟浩然也有表現人我和諧的詩作,〈田家元日〉正是寫出詩人與民一同喜悅,預祝一年豐收的和諧氣氛:

> 昨夜斗回北,今朝歲起東。我年已強仕,無祿尚憂農。
> 野老就耕去,荷鋤隨牧童。田家占氣候,共說此年豐。

以田園農村的草野生活為題材的自然詩,往往流露人際間的和諧狀態。尤其,農村安閒從容的往來中,大抵都有融洽的倫理精神在;毫不矯情的容於倫理的秩序中,顯現融樂。王維〈渭川田家〉:

> 斜陽照墟落,窮巷牛羊歸。野老念牧童,倚杖候荊扉。
> 雉雊麥苗秀,蠶眠桑葉稀。田夫荷鋤至,相見語依依。
> 即此羨閒逸,悵然吟式微。

「野老念牧童」、「田夫荷鋤至,相見語依依」,老少以及同儕的交融,表露無遺。李正治就本首的呈現方式說「完全是現象承接現象的純粹描述。現象間互相交映而呈現一美的結構,美的結構溶合了詩人的心情與物態的變化,達到一『宇宙性的和諧』。」〔註31〕現象也罷,結構也罷,無非呈顯和諧的境界。

二、物我和諧

人雖非為物,然人由旁觀的超然態度,與外界物物相互感通,在超然的當下的參贊中,如實的分享了自然的一切,同時自然萬物也真有人情的澆注,二者恆能和諧交融。我們看王維〈漢江臨汎〉:

> 楚塞三湘接,荊門九派通。江流天地外,山色有無中。
> 郡邑浮前浦,波瀾動遠空。襄陽好風日,留醉與山翁。

前六句寫景,刻畫漢江狀濶生動的面貌,縮結為「襄陽好風日」,而詩人將如同山翁為它飲醉江邊,流連忘返。另一首〈歸嵩山作〉:

> 清川帶長薄,車馬去閒閒。流水如有意,暮禽相與還。
> 荒城臨古渡,落日滿秋山。迢遞嵩高下,歸來且閉關。

流水有意,連那歸林之鳥,也願和詩人為伍作伴。

斐迪輞川集中〈欒家瀨〉:

〔註31〕見李正治〈山河大地在詩佛〉《鵝湖》第六期。

　　　　瀨聲喧極浦，沿涉向南津。汎汎鷗鳧渡，時時欲近人。

以及一首〈華子岡〉：

　　　　落日松風起，還家草露晞。雲光侵履跡，山翠拂人衣。

落日雲光之吻履跡，山翠松風之拂人衣，十分親切可人，與汎鷗之欲
近人，都是物我和諧的典型。

　　張旭〈山行留客〉：

　　　　山光物態弄春輝，莫爲輕陰便擬歸。

　　　　縱使晴明無雨色，入雲深處亦沾衣。

寫山水之可貴，變幻無常，令人春念。「縱使晴明無雨色，入雲深處
亦沾衣。」是雲霧？是春露？都和暢親切的沾濕了衣襟，所呈現的是
人與物的完全融合。

　　劉長卿〈尋南溪常山道人隱居〉：

　　　　一路經行處，莓苔見履痕。白雲依靜渚，春草閉閒門。

　　·　過雨看松色，隨山到水源。溪花與禪意，相對亦忘言。

面對自然種種形象消解了尋人不遇的苦窒，亦是萬物與我和諧的佳例。

三、萬物和諧一體

　　唐代自然詩最是普遍的特徵是天地萬物皆俱和諧：物物、人人、
乃至物我，人我都很和諧。詩人常在無我毫無對立的狀態下，以物觀
物，既物我和諧，又人我和諧，萬物融爲一體而不分彼此。在平實和
諧的生活中呈顯生存的美感世界，至於分別性的說「人我和諧」、「物
我和諧」只是方便分析歸結詩中的和諧境界，並無高下可言。

　　孟浩然〈遊鳳林寺西嶺〉：

　　　　共喜年華好，來遊水石間。煙容開遠樹，春色滿幽山。

　　　　壺酒朋情洽，琴歌野興閒。莫愁歸路暝，招月伴人還。

不但有滿山的春色及明月相伴，更有情投意合的呼朋飲酒，陶然忘機
於琴歌之中。

　　另外孟浩然〈夜渡湘水〉：

　　　　客舟貪利涉，夜裏渡湘川。露氣聞芳杜，歌聲識采蓮。

　　榜人投岸火，漁子宿潭煙。行侶時相問，潯陽何處邊？
真是一幅江村晚景圖，聞聞夜風吹送杜若之芳，聽聽娘們婉轉的採蓮
曲，瞧瞧船家點點漁火，以及水寒飄起的裊裊煙炊，而且還正待訪潯
陽的美景哩！

　　儲光羲詩作不少田家雜興，也很容易表現出這個特色來。〈田家
雜興〉八之七：

　　　梧桐蔭我門，薜荔網我屋。迢迢兩夫婦，朝出暮還宿。
　　　稼穡既自種，牛羊還自牧。日旰懶耕鋤，登高望川陸。
　　　空山足禽獸，墟落多喬木。白馬誰家兒，聯翩相馳逐。

把田家的美景盡收眼底，更見到農家夫婦自耕自牧的閒逸之樂。末二
句由白馬的翩翩馳騁，宕出遠神。儲光羲〈偶然作〉系列中，亦不乏
彰顯物我、人我的和諧貌。如十首之三：

　　　野老本貧賤，冒暑鋤瓜田。一畦未及終，樹下高枕眠。
　　　荷蓧者誰子，畽畽來息肩。不復問鄉墟，相見但依然。
　　　腹中無一物，高話羲皇年。落日臨層隅，逍遙望晴川。
　　　使婦提蠶筐，呼兒榜漁船。悠悠泛綠水，去摘浦中蓮。
　　　蓮花豔且美，使我不能還。

詩中所有的人，無不從容隨性，亦無不和諧共處。同時，景物亦為之
優游，與人大同於沖淡逍遙之境。

　　章孝標有一首〈長安秋夜〉：

　　　田家無五行，水旱卜蛙聲。牛犢乘春放，兒童候暖耕。
　　　池塘煙未起，桑柘雨初晴。歲晚杳醪熟，村村自送迎。

所表現的村家：兒孫很和樂，牲畜們任其自由放牧，歲晏也都豐收。
可貴的還有天象氣候的遞化，一旱一雨間，都是天機，孕育萬物，生
生不息。

　　錢珝〈江行〉更是別具一格：

　　　萬木已清霜，江邊村事忙。故溪黃稻熟，一夜夢中香。

雖是入秋清霜時候，然畝畝稻黃忙煞村農，人們樂於這份清秋的喜
悅。不但在大白天和樂融融的共事黃田中，更是「一夜夢中香」；這

不是單獨一人的「夢中香」，應該是每一位村夫共有的情懷。把和諧喜樂之情，更推及夢中世界。

李白詩作，歷來共稱自然瀟脫，他以田園為題材之〈下終南山過斛斯山人宿置酒〉一首，清新和諧親切，詩中人與物、物與人、人與人間，也毫無隔閡。文字平實更能行雲流水，格外耐人尋味：

　　暮從碧山下，山月隨人歸。卻顧所來徑，蒼蒼橫翠微。

　　相攜及田家，童稚開荊扉。綠竹入幽徑，青蘿拂行衣。

　　歡言得所憩，美酒聊共揮。長歌吟松風，曲盡河星稀。

　　我醉君復樂，陶然共忘機。

一、二句是人與物親切交融，詩人因此不孤獨。五、六句及末了六句，說明人與人之間毫無隔閡的親切與暢懷。七、八兩句更是表現出物與我之間的親近，無知無感的綠竹與青蘿，都賦予情感賦予鮮活的生命，與我一體。〔註32〕

社會詩人杜甫熱情多感，曾在安史之亂稍平後，與妻小團圓曾有〈客至〉、〈江村〉等逍遙恬靜的詩作，如〈客至〉云：

　　舍南舍北皆春水，但見群鷗日日來。

　　花徑不曾緣客掃，蓬門今始為君開。

　　盤飧市遠無兼味，樽酒家貧只舊醅。

　　肯與鄰翁相對飲，隔籬呼取盡餘杯。

詩中「春水」環繞，一片喜悅親切不在話下。「群鷗日日來」，更是物我和諧的表露。主題「客至」，為遠方友朋破例敞開蓬門，流露主客盛情。末了更能與鄰翁歡暢呼飲，充分流露人人和諧的境界。而〈江村〉一詩云：

　　清江一曲抱村流，長夏江村事事幽。

　　自去自來堂上燕，相親相近水中鷗。

　　老妻畫紙為棋局，稚子敲針作釣鉤。

　　多病所需唯藥物，微軀此外更何求？

「清江」猶如前一首「春水」，用一「抱」字，凸顯親切，把疏遠無

<hr>

〔註32〕同註16，頁97～101。

情感的大自然景物，寫得融洽有情。「堂上燕」、「水中鷗」表現物與物之間的和諧。同時，燕與人同在一屋簷維持一份無言的物我的和諧，此乃窗外的和平世界。而窗內呢？老妻、稚子從容平和的在安排奕棋與垂釣，不只表現太平盛世的休閒逍遙，也不折不扣地凝聚出歷劫歸來後的祥和境界；如此心靈的再生，叫人感動。

四、自我和諧

　　呂興昌〈人與自然〉乙文中，曾歸納出中國人天圓融和諧之後，其精神狀態有四種常見的特性：〔註33〕

　　　　欣欣此生意，自爾爲佳節的「自足之樂」。

　　　　敲門都不應，倚杖聽江聲的「逍遙之趣」。

　　　　此中有眞意，欲辯已忘言的「無言之美」。

　　　　只在此山中，雲深不知處的「素樸之秘」。

「自足之樂」、「逍遙之趣」、「無言之美」及「素樸之秘」，吾人似乎可歸納稱之爲「自我和諧」。倘稍加區別，當可發現較之「人我」、「物我」及「萬物」和諧稍異。要知，自我的和諧是一切和諧的基石，詩人乃至詩作能自我和諧，才能寫出較好的自然詩。

　　欲能達到自我和諧的藝術境界，主要是由詩人「本原能識」。當詩人消解一切夾纏著知識與欲望的心靈活動，使心靈回歸到最初的自然純靜的境地，「然後即體以顯用，以此本原能識直觀萬有，圓照物物各在其自己之實相，而此物物各在其自己之雜多，又復無迎無拒地和諧爲一渾然之整體。」〔註34〕詩人誠如莊子所謂「心齋」、「坐忘」，消解知識欲望，當下即是，虛以待物，「他必然設法把現象中的景物從其表面上看似凌亂互不相關的存在中解放出來，使它們原始的新鮮感和物性原原本本的呈現，讓它們『物各自然』的共存於萬象中，詩人溶滙物象，作凝神的注視、認可，接受甚至化入物象，使它們毫無

<hr />

〔註33〕參見呂興昌〈人與自然〉，《抒情的境界》（台北：聯經），頁 145 ～155。

〔註34〕同註28，頁 280。

阻礙地躍現。」〔註35〕

　　人能獨立自足，不假外求靜淨的世界，是自足。例如張九齡〈感遇〉十二首之一即是：

　　　　蘭葉春葳蕤，桂華秋皎潔。欣欣此生意，自爾為佳節。

　　　　誰知林棲者，聞風坐相悅。草木有本心，何求美人折？

劉長卿〈寄龍山道士許法稜〉亦是：

　　　　悠悠白雲裏，獨住青山客。林下晝焚香，桂花同寂寂。

青山客真是自我獨處，雖有桂花為伴，亦然同甘孤寂之樂。呂興昌曾舉李白〈白鷺鷥〉為例：

　　　　白鷺下秋水，孤飛如墜霜。心閒且未去，獨立沙洲傍。

說詩人本身化於其中，與白鷺同享自足之樂；獨立之後仍將孤飛，正如孤飛之際時有獨立，能欲飛則飛，欲止則止的自在生命完全表露出來。

　　柳宗元〈漁翁〉亦是一自足飄逸的寫照，他說：

　　　　漁翁夜傍西巖宿，曉汲清湘燃楚竹。

　　　　煙銷日出不見人，欸乃一聲山水綠。

　　　　廻看天際下中流，巖上無心雲相逐。

　　劉長卿〈過前安宜張明府郊居〉也表現出獨立自足不假外求的靜淨世界，而為外人所不易識：

　　　　寂寥東郭外，白首一先生。解印孤琴在，移家五柳城。

　　　　夕陽臨水釣，春雨向田耕。終日空林下，何人識此情？

　　人能永保寧靜的心靈，不以物喜，不為己悲，無畏逆境，悠游自如是逍遙。王維〈汎前陂〉即是一例：

　　　　秋空自明廻，況復遠人間。暢以沙際鶴，兼之雲外山。

　　　　澄波澹將夕，清月皓方閒。此夜任孤櫂，夷猶殊未還。

司空曙〈江村即事〉：

　　　　釣罷歸來不繫船，江村月落正堪眠。

　　　　縱然一夜風吹去，只在蘆花淺水邊。

〔註35〕同註8，頁144～145。

也逍遙自如而無所待。

　　表現天人相融而捨棄語言的辯解，是無言。李白的〈山中問答〉可說是典型：

　　　　問余何事栖碧山，笑而不答心自閒。

　　　　桃花流水窅然去，別有天地非人間。

再如常建〈題破山寺後禪院〉亦是無言之境：

　　　　清晨入古寺，初日照高林。曲徑通幽處，禪房花木深。

　　　　山光悅鳥性，潭影空人心。萬籟此都寂，但餘鐘磬音。

劉長卿〈尋南溪常山道人隱居〉：

　　　　一路經行處，莓苔見履痕。白雲依靜渚，春草閉閒門。

　　　　過雨看松色，隨山到水源。溪花與禪意，相對亦忘言。

倘從白雲、青草、松色以至溪花，我們說物我和諧。然就詩人自我內部生命的狀態而言，不但閉閒門，而且亦無言，於一片禪趣中，語言完全失去了作用，是無言之美。

　　充分表現在大自然中獲得安頓，隨遇而化，不堪富貴與聲色，既單純又眞淳，是素樸。

　　柯慶明以爲賈島〈尋隱者不遇〉一詩，借松下童子純眞之口，輕描淡寫所暗示的極爲豐富的意義是：一種心靈由閉鎖而充分開放、由固著而任意活動的、精神之自由狀態的體驗。〔註36〕的確，自我充分的和諧，必然獲得的是充分的、任意的、自由的而有無限的可能，誠如「雲深不知處」，「不知處」並不否定雲深之有。

　　李白〈獨坐敬亭山〉：

　　　　眾鳥高飛盡，孤雲獨去閒。相看兩不厭，只有敬亭山。

呂興昌曾說：「人之獨坐的姿勢所造成的安頓於大地之上的形象，正與山之獨『坐』於大地之上酷似，因此才有『相看』的感悟，而與陶淵明的『悠然見南山』略有不同。其次，『相看』之『看』具有一看

─────────────

〔註36〕參見柯慶明〈試論幾首唐人絕句裏的時空意識與表現〉《境界的再生》
　　　　（台北：幼獅），頁282。

再看，莫逆於心的持續性，這又與『悠然見南山』之剎那的發現不同。」
〔註37〕李白從素樸的「坐」觀中，確切的體驗到敬亭山與之當下無牽
掛的平常心。

斐迪酬唱輞川之一〈鹿柴〉：

> 日夕見寒山，便爲獨往客。不知深林事，但有麏麚跡。

同於賈島「雲深不知處，只在此山中」：雖「不知深林事」，但有篤定
安恬之心，願獨往爲客。

韋應物有名的五律〈寄全椒山中道士〉：

> 今朝郡齋冷，忽念山中客。澗底束荊薪，歸來煮白石。
>
> 欲持一瓢酒，遠慰風雨夕。落葉滿空山，何處尋行跡。

又一首五絕〈秋夜寄丘二十二員外〉：

> 懷君屬秋夜，散步詠涼天。山空松子落，幽人應未眠。

同爲懷人念客之作，卻充滿了不食人間煙火的情愫，於其層層落葉與
松果零落中，仍能見到「只在此山中，雲深不知處」貞定自如的素樸
境界，因爲「何處尋行跡」並非林中無人，「幽人應未眠」可以肯定
詩人內在心靈的逸興。

自足之樂、逍遙之趣、無言之美、素樸之秘的和諧精神狀態，在
自然詩中並非固定單一的展現，上述分列舉例只在闡明其質性。倘能
獲素樸之秘、得無言之美，相信亦能有自足之樂的。試讀祖詠〈蘇氏
別業〉：

> 別業居幽處，到來生隱心。南山當戶牖，灃水映園林。
>
> 屋覆經冬雪，庭昏未夕陰。寥寥人境外，閒坐聽春禽。

我們可以發現詩中自有素樸之秘，亦有一份無言之美，當然也有自足
逍遙的樂趣，令人回味再三。又王維的〈歸嵩山作〉：

> 清川帶長薄，車馬去閒閒。流水如有意，暮禽相與還。
>
> 荒城臨古渡，落日滿秋山。迢遞嵩山下，歸來且閉關。

前四句洋溢逍遙之趣，自足之樂，然後四句就有一份素樸之秘，把欲

〔註37〕同註33，頁 154～155。

將流露的惆悵、無可奈何的情緒，給完全的蘊藏起來，可是一點也不怨尤。

第七節　生　意

唐代自然詩中，還有一個明顯的特色，即是充分流露勃發的自然生命。鮮活的生命不時在詩中展現，它不但活靈活現的描繪出萬物的生命，也坦露了詩人內在的生命，亦是流暢鮮明。像王維〈山居即事〉：

　　　嫩竹含新粉，紅蓮落故衣。

以隱遯的情懷來寫山居的幽趣：那幼嫩的竹子，凋謝落瓣的紅蓮，正是生命的全面；雖「紅蓮落故衣」，但總不覺哀傷，萬物不住的自化，不知其始，亦不知其終，有「落故衣」，但也有「含新粉」。一點也無須牽掛。

又例如孟浩然〈晚春〉云：

　　　二月湖水清，家家春鳥鳴。林花落更掃，徑草踏還生。

在靜美的意境中，恬靜淡遠。那活潑富有生氣的景象，卻不因花落而顯頹喪！另外孟浩然一首〈夏日辨玉法師茅齋〉，除表露一份靜觀自得外，也洋溢生機蓬勃的生命力：

　　　夏日茅齋裏，無風坐亦涼。竹林深筍穊，藤架引梢長。
　　　燕覓巢窠處，蜂來造蜜房。物華皆可玩，花蕊四時芳。

其中三、四、五、六句正寫夏日活潑的生機。

韋應物也有詠竹之作〈對新篁〉：

　　　新綠苞初解，嫩氣筍猶香。含露漸舒葉，抽叢稍自長。
　　　清晨止亭下，獨愛此幽篁。

不單愛綠苞初解的清幽竹林，相信詩人更是愛那新綠，代表一份生命的搏造。

廣義的「生意」尚不只「新綠」與「初生」的意義，它還包括萬物適性而舒展開的「動態感」、「色彩的秀發」以及「生命情趣」，更擴而充之，是亙古不滅的生命。以下分為四點詳述：

一、動態感

　　廣義的生意盎然，應該不只是以新綠初生爲代表。它應該還包涵了動態感，一切萬物適性而舒展開的動態，如王維〈積雨輞川莊作〉：

　　積雨空林烟火遲，蒸藜炊黍餉東菑。
　　漠漠水田飛白鷺，陰陰夏木囀黃鸝。
　　山中習靜觀朝槿，松下清齋折露葵。
　　野老與人爭席罷，海鷗何事更相疑。

其中「漠漠水田飛白鷺，陰陰夏木囀黃鸝」之「飛」與「囀」，皆具足表現出久雨初晴生機蓬勃的新景象。

　　在自然詩篇中，我們是看到了自然界豐富多采的景色，不但幽美純潔無瑕，超越塵俗不爲污染，亦多明麗質樸，富有生意。陳一亞〈王維研究〉中，發現王維的田園山水詩，除帶給人們恬靜悠閑的意境和超越塵俗的思想外，詩中更能對自然景物以樸素的語言，勾繪出生意盎然的美景。他說：

　　或寫春天月夜的幽美境界，或寫初夏新晴的田野風景，或
　　寫絕妙的雨中秋景，或寫傍晚時爲陽光山色雲霞飛鳥所交
　　織成的美景，或寫終南山的雄偉秀麗，白雲青靄陰晴變幻，
　　或寫萍池的景物，或寫小湖的風光，或寫水清、蒲綠的白
　　石灘頭，婦女月夜浣紗，或寫鳩鳴杏花間的初春季節，農
　　人剪桑耕地……在這些中以其詩人兼畫家的特有的藝術才
　　能，用樸素的語言，竟不雕琢地描繪了自然界明麗、幽靜
　　而又生氣盎然的美景。〔註38〕

　　我們試觀王維〈山居秋暝〉，實可獲得明證：

　　空山新雨後，天氣晚來秋。明月松間照，清泉石上流。
　　竹喧歸浣女，蓮動下漁舟。隨意春芳歇，王孫自可留。

寫的是秋日山中日暮的景色，雖不見任何嫩小初生的生命個體，但就雨洗後的清空山野晚來天氣，其明月、清泉、竹喧、蓮動，以至援引

_____

〔註38〕見陳一亞〈王維研究〉（香港珠海中研六十三年碩士論文），頁 320
　　　　～321。

而來浣女與漁舟，無一不是輕快愉悅而生動可人。「照」、「流」、「歸」、「下」皆是流動異常。尤其「隨意」一詞何其自由，而雖春芳已歇，也不破壞全首那一份盎然生趣，依然可以久留。韓文心曾說：

這是一幅極其幽靜閒適淡雅的小品，但它又流露無限活潑的生機。……秋夜的山裏，微雨過，清涼生，爽快的夜氣襲人，月光映照，泉水流動，還不是幽靜中帶有生趣嗎？加上浣女穿過竹林，攜手而歸，不時傳來陣陣清脆柔嫩的笑聲、說話聲，這不是有聲音有動態的生活素描？而男子們勤勉的在夜間捕魚，船兒穿過蓮花而行，朵朵蓮花顫動搖擺，船槳拍水面，這不是熱鬧而又生動有力的一幕嗎？〔註39〕

他以為幽靜閒淡中有活潑的生機，實為王維特色。王維的幽靜並非死寂，不僅予人以美學上的享受，更讓人感受生活的情趣與心靈的超俗。

孟浩然一首〈鸚鵡洲送王九遊江左〉有異曲同工之妙：

昔登江上黃鶴樓，遙愛江中鸚鵡洲。
洲勢逶迤還碧流，鴛鴦鸂鶒滿沙頭。
沙頭日落沙磧長，金沙燿燿動飆光。
舟人牽錦纜，浣女結羅裳。
月明全見蘆花白，風起遙聞杜若香。
君行采采莫相忘。

寫碧流、水鳥、黃沙、舟人、日落、浣女、蘆花與杜若，並從白天、日落寫到月出，層層描繪，恰如「春江花月夜」，具十足的動態感。

王維常以「動中有靜，靜中有動」的脈動，來契合大自然那亙古不滅的呼吸。〈鹿柴〉云：

空山不見人，但聞人語響。返景入深林，復照青苔上。

前兩句靜中有動，後兩句動中有靜，一動一靜間，蘊藏天地流動運轉於其中。而〈鳥鳴澗〉云：

人閒桂花落，夜靜春山空。月出驚山鳥，時鳴春澗中。

〔註39〕見同註3《一代高人王右丞》，頁193。

寂中有聲，聲中有寂，「鳥鳴山更幽」，洋溢一片寧和而又活潑的自然生機，前二句重心落在「靜」字、「空」字上，後二句重心則落在「驚」字、「鳴」字上。從空寂靜謐的境界中，盪動起來，不僅是外界的實境，詩人的心路歷程亦為之頓悟，在虛空的心境冥冥中，添實了洋洋春氣與清脆的鳥聲，他尋覓到幽閑和樂的生命真實。〔註40〕我們再看上例〈山居秋暝〉之「竹喧」、「蓮動」，靜中見動，也襯出了秋日傍晚新雨後寧靜無比的山間景色，景物之中並無詩人的形象出現，但無論「明月」、「清泉」亦或「竹喧」、「蓮動」，都可以看出詩人描寫大自然，人與物交織的生意盎然活潑喜悅的悸動。

二、色彩秀發

　　廣義的生意盎然，在自然詩中以動態來表現之外，最為明顯的，乃是色彩的秀發。世間無一不色彩，當詩人的主體心靈能無為而自然，以順隨宇宙萬物的自然本性及自然變化之理，所模山範水描繪田園而呈現的自然境界，必有其飽和的色彩在。此亦是自然詩的另一特色。

　　崔成宗〈韋蘇州及其詩之研究〉，即為一例。他曾將五百多首韋詩統計，發現「綠」字出現五十六處之多，而「紅」、「紫」、「朱」、「丹」之色彩亦往往見之於詩。〔註41〕可是，色彩與之時代背景有關，如黃永武所謂：「世之將亂，人群心理喜歡奢華糜爛，也喜歡彩色鮮艷的刺激。例如詩到晚唐，色彩字忽然增多起來，這與心靈空廣時，喜歡注意小巧精緻的外物裝飾一樣，當道德式微時，唯美的文學就會興起。」〔註42〕此處吾人必須釐清的是，自然詩絕非如唯美的晚唐，好用顏色字，而是它能很精當的去捕捉到萬物深層結構的顏色，而非表

〔註40〕參見黃敬欽〈王維的空靈和馬致遠的空無〉《幼獅文藝》四十七卷二期。
〔註41〕參見崔成宗〈韋蘇州及其詩之研究〉（師大國研六十九年碩士論文），頁78～81。
〔註42〕見黃永武〈從科際整合看詩的欣賞〉《詩與美》（台北：洪範），頁193～194。

象的炫麗鮮艷。更深一層地說，它的顏色是表現萬物的精神，顯現朝氣蓬勃的生氣。作畫最忌於「俗」，而成「匠氣」；以色彩而言，即是華而不實。畫作之所以稱爲雅，甚或神逸之品，就是如同上述，如實的表現自然本性。韋應物描寫雨後清綠的詩句，可資佐證：

> 雨歇萬井春，柔條已含綠。（〈春中憶元二〉）
>
> 雨歇林光變，塘綠鳥聲幽。（〈月晦憶去年與親友曲水遊讌〉）
>
> 積雨時物變，夏綠滿園新。（〈園亭覽物〉）
>
> 秋園雨中綠，幽居塵事違。（〈題鄭拾遺草堂〉）

三、生命情趣

　　自然詩以大自然田園山水爲寫作題材，如上述往往可以描摹甚至直接替代，來表現出大自然生命的悸動。詩篇有時訴諸聽覺感官的表現方式，在一靜一動間，顯露蓬勃的生機，亦有時以視覺感官的興會，在明麗色彩的秀發中，顯現那最眞實永恆不滅的自然生命。然而也有時在從容閒適的詩篇中，雖恬靜悠閒淡遠超越塵俗，卻可以嗅發一份生趣，一份毫無阻塞、峯迴路轉、柳暗花明的生命型態。一般人常冠以理趣或禪趣，吾人倒以爲最能表現於宇宙萬物自然本性及自然變化者，該是那份原始的「生命情趣」。

　　王維〈辛夷塢〉：

　　木末芙蓉花，山中發紅萼。澗戶寂無人，紛紛開且落。

《論語・陽貨篇》：「天何言哉？四時行焉，百物生焉。天何言哉？」。《禮記・哀公問》曰：「無爲而物成，是天道也。」不爲堯存，亦不爲桀亡，緜延不絕的哲理，在這朵小花裏展現。宇宙生生不息，於穆不已的人生理則，也在王維平實的字句中涵蓋無遺。〔註43〕韓文心曾解說在空寂無人的山中，芙蓉花仍然燦爛自如地且開且落，它不爲任何人而開放，亦不因無人欣賞而萎頓，完全不靠外力而活，自有源頭活水，自有滾滾不歇的生命力量，蓬蓬勃勃，充滿生機地努力綻放。「紛

〔註43〕同註40。

紛開且落」，是一番活活潑潑的生機，躍然紙上。〔註44〕

芙蓉花雖只短暫片刻，但卻表現了一個完滿自足的生命現象。「花紛紛地開了，紛紛的又落了；通過花開花落，王維看到宇宙自然生命，無不自如其的在那兒生生死死，循環不已。而人，就像小小的芙蓉花，在天地間開落，百歲光陰只不過是片刻游移的陰影。既爲小小的芙蓉花，就必定要凋零；既生爲人，就無法逃出本身的生滅性。人生來本非己願，去時也無法徵得自己同意，百年的風一陣刮過，每個人就好比枯樹上的黃葉，必得紛紛飄墜，所以，人又何必執著呢？透過花的意象，我們可以明白王維在此詩中意識的流露。王維此刻的心，就像一面纖塵不染的鏡子，在他的虛明照鑒下，宇宙萬物莫不呈現『物自身』在詩人的心境裏；詩人的自身也『心凝形釋』和宇宙在冥冥中契合。……『紛紛開且落』就是『紛紛開且落』，萬物的生命無不活活潑潑地顯現在天地間……花開是爲了花開，人的生存本身就是一種目的罷了！」〔註45〕

儲光羲〈泛茅山東溪〉：

清晨登仙峯，峯遠行未極。江海霽初景，草木含新色。

而我任天和，此時聊動息。望鄉白雲裏，發棹清溪側。

松柏生深山，無心自貞直。

除寫草木富新色的氣象外，他也透露出流暢的生命本色。「而我任天和」、「無心自貞直」中，我之「任天和」，如松柏之「自貞直」，非外力使然。而且，能有底定的工夫，我順應於天之「和」，如松柏之貞於「直」。

四、亙古生命

道家對萬物存在與實現的說法是「不生之生」。「不生之生」是屬境界形態，物自己生自己長。王弼注曰：「不禁其性，不塞其源。」

〔註44〕同註3《一代高人王右丞》，頁155。
〔註45〕見張春榮〈談王維的辛夷塢〉《鵝湖》第八期。

反對禁制它的本性塞死它的源頭正是「無」的功夫。發自無的無限妙用，「無而不無即有，有而不有即無」〔註 46〕原來，自然萬物乃至於人，只要隨機適性，便可悠往而無所不能無時不成，達於化境。試讀王維〈終南別業〉末兩句：

　　　行到水窮處，坐看雲起時。

詩人全然靜淨之心，散步、駐足、坐下而抬頭毫不刻意黏著，而能與之俱化，物我不礙，境心冥合，體會出「水到窮處化爲雲的天機自然造化」、「坐到忘時雲漸起的渾然與雲一體」〔註 47〕的空靈妙用。

　　吳可道說：

　　　王摩詰以前句的「水窮」來寫幽暗枯涸的「滯」境，「水」若可作「生命」的象徵，「窮」在這一層次上也可視爲人生的一種困頓、迷惘，甚至一種終極的空虛、寂滅。然後再拈出了「雲起」二字，一變而爲明朗活潑的「化」境，君不見，「潺潺青溪流入壑，層層白霧化爲雲」，此千片的「雲起」完全是由一縷的「水窮」而來的，所以「水」之化而爲「雲」也無非人生的一種再度領悟和超脫。〔註48〕

詩中的生命已是亙古的大我生命囉。又如儲光羲「澗水流年月，山雲變古今」、常建「萬籟此都寂，但餘鐘磬音」，皆能寫出生命的恆久與不變。

　　白居易亦有一首〈遊石門澗〉，藉秋水寫出亙古永存的訊息：

　　　石門無舊徑，披榛訪遺迹。時逢山水秋，清輝如古昔。
　　　常聞慧遠輩，題詩此巖壁。雲覆莓苔封，蒼然無處覓。
　　　蕭疏野生竹，崩剝多年石。自從東晉後，無復人遊歷。
　　　獨有秋澗聲，潺湲空日夕。

看似死寂的，然秋澗日夜不停的奔波，呈現亙古不滅的大我生機。

〔註46〕參見牟宗三《中國哲學十九講》（台北：學生）第六講。
〔註47〕同註 9，頁 200。
〔註48〕同註 9，頁 198～199。

小　結

　　本章共七節，分別說明七種境界，並加以舉例闡釋。從各節反覆的討論中，我們似乎可以得到一個簡單的結論：自然詩所透露的詩人心靈，都有一顆自由的心。充分的自由必不營私不我執，不虛假不雕飾，行其所當行，止其所當止。所以他能不造作而能「沖淡」，不黏著於過去的經驗而能「曠達」，不刻意未來同於大化而有「疏野」，並且因自己的不造作不黏著不刻意，推及天地萬物而有「無我」、「和諧」、「生意」，甚至也完全撤棄自由的本身，物我兩忘而顯「空靈」。

　　倘就結果而言，自由的心是無目的性，當下即是，一刹那即永恆，一花一世界。

第五章　唐代自然詩之表現特徵

　　自然詩如行雲流水，所表現的境界大抵是沖淡空靈的高格，倘硬要從中擷形式秩序之表象法式，恐怕是緣木求魚，因它少有麗藻與典故，也少有譬喻與誇飾，一如李白〈經亂離後天恩流夜郎憶舊遊書懷贈江夏韋太守良宰〉詩中云：「清水出芙蓉，天然去雕飾」，是才性的自然湧現，不假雕飾，不須學識與技法的涵養鍛鍊。

　　除上述天才型才性的自然湧現外，另一派以為自然詩的表現形式是從雕飾而復歸於自然。〔註1〕

　　能有沖淡、空靈、曠達、疏野與清奇等風貌的自然詩，似乎平淡樸拙，隨手可拈，其實不然。和諧、自然、平淡，乃由組麗中來，必是落其紛華以後，所締造的境界。換言之，必須經過千錘百鍊，從不斷的鍛鍊與超越中，自現象世界躍昇，「讀書破萬卷」（杜甫〈奉贈韋左丞丈二十二韻〉），一再的鍛鍊，所達到一個和諧從容淳樸的境界。乍看與現象世界同是素樸眞純自然，然其表現並非「白描」。施友忠稱之為「二度和諧」。〔註2〕又如禪師所謂「見山是山，見水是水」、「見山不是山、見水不是水」、終至「見山只是山、見水只是水」的境界。那是由「拙」而「熟」再入「拙」境的創作歷程，而最終的「拙」絕

〔註 1〕參見顏崑陽〈自然〉《文訊》第十九期，頁 312。
〔註 2〕參見施友忠《二度和諧及其他》（台北：聯經），頁 63～114。

非開始的鈍拙、笨拙，而已是一體用一原、道器不分的素拙。即如施友忠說：「經此鍛鍊，經此洗滌，初度和諧，乃由盲目的渾沌，超昇入于具有透徹玲瓏的靈眼的二度和諧境界。」〔註3〕清許印芳〈與李生論詩書跋〉(《詩法萃編》卷六) 中有段精彩評語，足以佐證：

> 唐人中王孟韋柳四家，詩格相近，其詩皆從苦吟而得。人但見其澄澹精緻，而不知其幾經陶洗，而後得澄澹；幾經鎔鍊，而後得精緻。學者於一切陳腐之言，浮淺之思，芟除淨盡，而後可入門徑。若從澄澹精緻外貌求之，必至摹其腔調，襲其字句，未有不落空套者，所謂優孟衣冠也。

清吳雷發《說詩菅蒯》也說：

> 至於詩，則必洗滌俗腸，而後可以作。……蓋其俗在心，未有不俗於詩。故欲治其詩，先治其心，心最難於不俗。無已，則于山水間求之。

不難窺見平淡不俗的自然詩，實是經過一番陶洗鎔鍊，不斷的「內鍊」始得。

第一節　形象語言　宕出遠神

自然詩的藝術表現特徵之一，即是有充沛豐富的形象；每一個形象都憑它所持有的生命而生活著，其鮮活的生命躍然紙上。唐代自然詩慣用形象語言，純以單字為主的名詞本身所構成的簡單意象，雖少有特定的指陳，卻能跌宕生姿，產生澹遠的韻外之致，予人「沖淡」、「疏野」、「曠達」、「空靈」的境界與感受，而且也能表現出大自然生生不息的生命力，萬物和諧如一，而無物我的對立。就創作表現技巧而言，不無可貴之處。以下試就其成因以及大致通用的手法，加以闡述。

鄭樹森〈「具體性」與唐詩的自然意象〉〔註4〕乙文，對唐詩自

〔註3〕同註2，頁74。

〔註4〕參見鄭樹森〈「具體性」與唐詩的自然意象〉《文學理論與比較文學》(台北：時報)，頁153～192。

然意象的具體性有特別的闡發。他首先引用西人波頓・華生「中國抒情詩」專章所討論的唐詩自然意象，發現充滿了所謂「簡單意象」（simple images）。誠如華生統計《唐詩三百首》之自然意象發現，唐詩的意象可分為八類，如山、水、天氣、星氣、樹木、花草、鳥，而且大多以一個單字來代表，較少特別標明其個別種類，而傾向於比較一般性的總稱。唐詩之自然意象不大使用特別的名詞，故所呈現的自然世界往往也傾向於一般性。

　　鄭氏更以葉維廉出版的《王維詩選》（英文版）作統計，也發現王維和唐代詩人一樣，在花草鳥禽的描寫，基本上仍傾向於使用總稱，少用描寫語，倘帶有描寫語的意象，又大多僅以兩個字組成，如「形容詞──名詞」（例「清水」）或「形容性名詞──名詞」（例「春山」）。

　　簡言之，唐詩自然意象傾向使用物體的總稱，在修飾上也喜歡用性質不很特定的描寫語，帶有一般性的指涉，所以唐詩自然意象的「具體性」有所游移，給人的印象就傾向於一般性。如王維〈鳥鳴澗〉：
　　　　人間桂花落，夜靜春山空。
其中「人」、「桂花」、「夜」是高度具體實存狀態，但給人的整體感受，卻反而不是特定性的指涉。其因是沒有像西方利用許多後設修飾語堆砌的手法。它「形容性名詞」之「春」字，非但本有季節性的表示，更有「比喻性地延伸」，還可以是指山上草木的初綠和「春澗」（第四句）的重新奔放；包括約定俗成的聯想，且亦源自春天這個季節所實際擁有的（感官上可以驗證的）特質。〔註5〕又如王維〈酬張少府〉云：「松風吹解帶」，並不是指「屬於松林的風」，而是指「風在松林裏吹」，或是「風吹過松林」。〔註6〕而所以造成以上的特殊效果，其原因有三：
　　　第一是自然詩中，簡單意象含有泛稱的意味，雖然具有特定性，

〔註 5〕同註4，頁175。
〔註 6〕同註4，頁176。

但它在詩中卻都留有很多的空白，有待讀者的聯想。梅祖麟、高友工曾發現唐詩語法的特色，往往有「散慢性句法」、「多義性句法」和「破壞性句法」（倒裝），使名詞「孤立」，從而產生簡單意象。縱然有並列名詞複合語的結構關係，但也發現大多數名詞意象傾向於物性。〔註7〕梅、高以為如此意象的造就，是屬於溫徹特（W. K. Wimsatt）之所謂抽象的手法。故可以自那些深含物性的簡單意象中得其普遍性，而常見夢幻的抽象性，迷漫的朦朧感，如上述留有空白有待讀者的想像。

如王維〈辛夷塢〉：

　　木末芙蓉花

芙蓉花分有水芙蓉、木芙蓉，此首當指木芙蓉，似乎具有特定性。但它在詩中並不獨具芙蓉花的特定意象，給人不足是花的統稱，而更是美麗植物的代表。

　　自然詩中，提到「鳥」字者，不在少數。往往「鳥」字都是單獨的出現，那怕有附加的修飾或特定的指稱，如王維的詩篇：

　　月出驚山鳥（〈鳥鳴澗〉）

　　日暮飛鳥還（〈臨高台送黎拾遺〉）

　　飛鳥逐前侶（〈木蘭柴〉）

　　目盡南飛雁（〈寄荊州張丞相〉）

　　白鳥向山翻（〈輞川閒居〉）

　　落日鳥邊下（〈登裴秀才廸小台〉）

　　蹴踘屢過飛鳥上（〈寒食城東即事〉）

　　落花寂寂啼山鳥（〈寒食汜上作〉）

然而它們在全首詩中，給人的感覺依然是具有普遍性。較有特定性的「白」鳥，除了顏色必須是白色之外，它予人仍是普遍的模糊的印象，相當概念化的存有它翻飛於穹蒼之中的意象。至於冠以「山」、「飛」，

────────────────

〔註7〕參見梅祖麟、高友工著〈論唐詩的語法、用字與意象〉（黃宣範譯）《中外文學》一卷十～十二期。

似乎與單獨一「鳥」字，並無大差異。詩人似乎不必考慮它是那種鳥，有時，它可以更抽象更廣泛的代表是「物」，而此一「物」，並非外在化於詩人個體。其實，當詩人一提到它時，在瞬間它與詩人已有完全的交會，誠如上一章「和諧」、「無我」所云無對立的交融，「鳥」不單是不特定的普遍泛稱，它更是詩人的代表呢！

第二個理由是「比喻性地延伸」。

由於那些簡單意象「始原語」（如「人」、「山」）給詩篇以「普遍性」，而且傾向「物性」的勾劃，因其「物性」也含有普遍性。我們又發現往往形容具體物性的本身會有「表面性質」的延伸，由具體現象的認識，引伸出抽象的看法，一般稱之爲「比喻性地延伸」。例如輞川集中的〈欒家瀨〉：

　　颯颯秋雨中，淺淺石溜瀉。跳波自相濺，白鷺驚復下。

第一句「雨」是名詞，「秋」是形容性名詞。「雨」是實存的物體，自上垂直而下，給人濕漉的感覺。可是「秋」卻擁有太多的表面性質。它可以象徵「氣候」、「節令」，也可以由予人的感覺象徵「蕭條」，也可以由其色彩引伸爲「明朗」，甚至它可以被象徵「夕陽無限好，只是近黃昏」的生命歷程。因此，在如此比喻性地延伸當中，它早已成爲抽象的形容性名詞，可以傳達多樣抽象的性質與意義，我們可以說「秋」暗示了深秋風雨驟至，也暗示了雨是在秋空蕭瑟中下著……，而在諸如此類充分的延伸中，全首詩予人的感受，當不只是簡單幾個明白單一的意象而已。所以自然詩中，能有「空靈」的境界，讓讀者在其中遐想不盡，而不覺得困頓阻塞。例如王維〈過李楫宅〉：

　　閑門秋草色，終日無車馬。

其「秋」草色，實有異曲同工之美。而開元、天寶間詩人閻防一首〈百丈谿新理茅茨讀書〉七、八兩句亦是：

　　秋蜩鳴北林，暮鳥穿我屋。

「秋」蜩之「秋」不應只是節令的代表，「北」林之「北」亦不應只是空間位置的指涉，「暮」鳥之「暮」也不只是代表時間，它們都有

多重的意義浮呈。

劉長卿〈寄龍山道士許法稜〉一詩：

> 悠悠白雲裏，獨住青山客。林下晝焚香，桂花同寂寂。

當中恐怕以「白雲」給人的空間最為寬廣；「白雲」雖是名詞意象，但它所延伸的許多突出的特性，卻豐富了整首詩的美感；「雲」的飄泊自如無拘無束，「白」的貞潔優雅不卑不亢。在一首中，第一句即能闢出如此空靈沖淡的生活空間，也表露了主題龍山道士的風範。

如同上述「白雲」之例，尚有王維〈酬虞部蘇員外過藍田別業不見留之作〉末二句：

> 唯有白雲外，疏鐘聞夜猿。

不只是空間的伸延，貞潔高雅的象徵，它也比喻一份理想，相當空靈高古地存在。也多少呈現剛愎之情，因為「白」有不易感動、內向、沈默的性格。又例如〈歸輞川作〉：

> 悠然遠山暮，獨向白雲歸。

儲光羲〈泛茅山東溪〉七、八句，亦是：

> 望鄉白雲裏，發棹清谿側。

除了「白」，我們也可隨便從其他的顏色字，看出比喻地伸延。如儲光羲〈霽後貽馬十二巽〉三、四句：

> 況我夜初靜，當軒鳴綠琴。

「綠」雖是指涉特定了琴的顏色，但相信在本首詩中，它代表顏色，可說只是一小部分。更精彩的該是它蘊含的抽象意義。「綠」有春意，代表氣息。它在色彩心理學的詮釋上，也表現出秩序、樸素和沈默。倘再配合其他詩句的輝映烘托，對詩的鑒賞有更大的助益。

王維〈登裴秀才迪小台〉一首：

> 端居不出戶，滿目望雲山。落日鳥邊下，秋原人外閒。
> 遙知遠林際，不見此簷間。好客多乘月，應門莫上關。

其中「山」字冠以「雲」，「原」字加以「秋」，來扣緊時令。可是，在整首的表現，它們不只是如此的單獨表態，它更可貴的是延伸出好

多抽象的譬喻。如「雲」代表「朦朧」、「詭異」、「飄逸」、「似仙」……等。

我們再看祖詠〈蘇氏別業〉：

　　別業居幽處，到來生隱心。南山當户牖，灃水在園林。
　　竹覆經冬雪，庭昏未夕陰。寥寥人境外，閒坐聽春禽。

末了「春禽」之「春」是形容性名詞，它不只表示節令，「春」之生機蓬勃、溫馨可人，更溢於言表，予人恬靜、溫馨而更有朝氣。

從以上例證，我們可以肯定自然詩之沖淡而不黏著的精神境界，在其詩作的表現上，多少運用了「比喻性地延伸」，名詞本身的表面性質，有充分的呈現，豐富其意象。

第三個原因是並置的作用，所謂的「蒙太奇」。

自然詩不乏利用具體的意象加以特定的並置，往往可以產生多義性，也常可形成空靈的境界。

電影藝術發現把鏡頭有意識地、有目的對列在一起，但不等於簡單地加在一起，這樣地對列並置，往往可以產生新的質新的景象，這叫蒙太奇。

倘物象經一番縝密的構思與配置，它們所表現往往不是「相加」的效果，而是「相乘」的效果。這也正是電影手法可以深入且震撼人心，獲得廣大回響的主因。

常建慣寫空靈的詩作，他一首〈宿王昌齡隱居〉云：

　　清溪深不測，隱處唯孤雲。松際露微月，清光猶爲君。
　　茅亭宿花影，藥院滋苔紋。余亦謝時去，西山鸞鶴群。

就全首出現的物像「谿水」、「孤雲」、「松林」、「微月」、「茅亭」、「花影」、「苔紋」、「鸞鶴」等，我們仔細推敲個中性靈之前，可以直覺的接納這所安排的整體景物，而有清、遠、樸的寧靜胸懷。又如孟浩然〈宿業師山房待丁大不至〉：

　　夕陽度西嶺，群壑倏已暝。松月生夜涼，風泉滿清聽。
　　樵人歸欲盡，煙鳥棲初定。之子期宿來，孤琴候蘿逕。

倘我們以電影的拍攝鏡頭而言，八句可以有八個特寫的畫面，當讀者看到並置的八個畫面，自會不期而然的感覺它的沖淡和靜謐，發現人與物和諧一體。

孟浩然另一首〈題大禹寺義公禪房〉也是「蒙太奇」的手法，不言而喻，予人深刻的感受，他的詩說：

> 義公習禪處，結構依空林。戶外一峰秀，階前群壑深。
> 夕陽連雨足，空翠落庭陰。看取蓮花淨，應知不染心。

當你在有計畫的引導下，一句一個景像，當讀到第七句，自不待第八句「應知不染心」，已有一份佛道的理趣。雖句句幾乎寫景，但給人恐怕不是一景一物的記憶，而是新生一幅富有自然境界的禪靜圖，剛好和第八句相緊扣。

在自然詩作中，有時不是全首都有並置表現，只是一首中的某些句子而已。它也可以有新質新象產生，最大的功效是有充分的「興」，獲得充分的聯想。高適〈同薛司直諸公秋霽曲江俯見南山作〉，是難得的自然詩作，寫山水，記隱趣。其中有二句：

> 片雲對漁父，獨鳥隨虛舟。

它並沒直陳結果，也似乎沒有答案告訴大家，但它卻把「片雲」、「漁父」、「獨鳥」、「虛舟」一塊並置，予讀者產生一份的遐思，類似此種表現手法，在自然詩中，不勝枚舉。

第二節　詩中有畫　活靈活現

傳統詩學理論談詩畫的關係，可說是在蘇軾對王維詩的讚譽評價中獲得普遍的認定，他說：「味摩詰之詩，詩中有畫；觀摩詰之畫，畫中有詩。」（〈題摩詰藍田煙雨圖〉）。詩與畫相互之間，彼此吸收有利的因素來豐富自己的表現效能，它們彼此絕不是誰可以代替誰。「詩中有畫」是自然詩表現的一個特色；以詩為主體，吸取繪畫的某些要素，融入詩境，從而體現出一般詩作所難以表現的美感。在擷取的過程中，能充分地發揮各自的表現特點而有所互補。詩較畫為抽象，所

謂「詩情畫意」，詩爲虛，畫是實。能有一番虛實相濟的絕妙靈用，相信藝術品的境界當會更高。

更具體的說，詩予人是抽象泛無邊際的遐思，難有確切的掌握，而畫是具體的，就目之所視，予人具體的意象。當然這一具體的意象，並不是沒有比興地延伸，它仍可有不盡的遐思。詩中有畫的表現手法，即是通過畫的具體指陳、鋪排、並置，讓讀者從這管道來領受詩中的眞味以及味外之味。

王維〈渭川田家〉寫田家晚景，宛如圖畫：

斜陽照墟落，窮巷牛羊歸。野老念牧童，倚杖候荊扉。
雉雊麥苗秀，蠶眠桑葉稀。田夫荷鋤至，相見語依依。
即此羨閒逸，悵然吟式微。

以畫意來豐富詩境，通過較具象的領受，進而得入詩的領域。一幅田家晚景的圖畫，所表現當不只是形象的描繪，最終目的是要表現田家和樂、悠閒與安逸，而這份閒逸，其實是相當的抽象，它在詩中藉著繪畫直接呈現的效果，具體增強。儲光羲疏野的豪放的田園作，如〈樵父詞〉、〈漁父詞〉、〈採菱詞〉、〈采蓮詞〉等，又如孟浩然〈秋登蘭山寄張五〉，亦都是詩中有畫的表現方式，以畫來具體表徵詩的虛靈妙境。

王維詩中有畫的句子，不勝枚舉，諸如有名的：

荒城臨古渡，落日滿秋山。（〈歸嵩山作〉）

白雲迴望合，青靄入看無。（〈終南山〉）

渡頭餘落日，墟里上孤煙。（〈輞川閒居贈裴秀才迪〉）

漁舟逐水愛山春，兩岸桃花夾去津。（〈桃源行〉）

漠漠水田飛白鷺，陰陰夏木囀黃鸝。（〈積雨輞川莊作〉）

皆以敏銳的眼光加之清澹的筆墨，乍看像似白描，但卻能勾繪出大自然的神髓。

最爲飄逸灑脫之詩中有畫者，當以王維、裴迪輞川集一類雋永的五言小品，有如一張張小畫，不但是沖淡清淨，更有無限的空靈妙用，展現自然萬物的生意。不但有抽象的意象令人神往，產生比興的作

用，更通過視覺的具體形象迴蕩於心的不盡深思，往往可以產生空靈，高古、超詣的境界，更可從其中體會出大我的生命，不但無人我的對立，無自我的形象，還可以顯現人生的無常與無奈，以及自然生命的循環遞變而永不止息。例如王維〈鹿柴〉、〈欒家瀨〉、〈竹里館〉、〈辛夷塢〉皆是。

　　錢鍾書別有洞見，他以爲古來詩畫品評標準似相同而實相反。即詩即畫，詩畫一律，其實只能成之於王維一派罷了。他說倘在畫的藝術裡，以傳統典型杜甫寫實風格作畫，只能做到地位低於王維的吳道子。反過來說，在詩的藝術裏，用吳道子畫的作風來作詩，便能做到地位高出王維的杜甫。這其中的癥結，主要是藝術家總想「出位之思」，超越材料的限制，強迫材料去表現它性質所不容許表現的境界。〔註8〕從錢氏的發現，讓我們更肯定王、孟一派的自然詩，具有別人所不易表現的「詩中有畫」的境界。

　　而自然詩之「詩中有畫」關係主在中國畫法中的「經營位置」。全首詩中寓有畫面所表現的空間，就其布局中之開合、虛實、賓主，來蘊含大自然的節奏與和諧。宗白華〈中國詩畫中所表現的空間意識〉中揭示，中國詩人畫家到底是心靈俯仰的眼睛來看空間萬象，他認爲我們的空間意識不是希臘的有輪廓的立體雕像，不是埃及墓中的直線甬道，也不是倫伯蘭的油畫中渺茫無際追尋者的深空，而是「俯仰自得」，以至「遊心太玄」。「俯仰自得」，乃是折高折遠自有妙理，不從固定角度集中於一個透視的焦點，而是流動著飄瞥上下四方，一目千里，俯仰往還，遠近取與，來把握全境的陰陽開闔高下起伏的自然節奏。〔註9〕對一景象的描繪往往是流動的轉折的，能縮合仰山巔之高遠，窺山後之深遠，望遠山之平遠，多重視點所構成的空間。

〔註8〕參見錢鍾書〈中國詩與中國畫〉《中國文學研究叢編》第一輯（香港：龍門）。

〔註9〕參見宗白華〈中國詩畫中所表現的空間意識〉《美從何處尋》（台北：元山），頁85～110。

　　王夫之〈唐詩評選〉說：「右丞妙手能使在遠者近，摶虛成實，則心自旁靈，形自當位。」由高遠的山峯以至深遠的溪谷，近景的林下，我們的視線在平面的空間中折遠折高俯仰流轉，而心靈的空間意識也隨之在當中流動，使虛的空間化爲實有的生命。我們試看王維輞川詩中〈北垞〉：

　　　　北垞湖水北，雜樹映朱闌。逶迤南川水，明滅青林端。

「南川水卻明滅於青林之端，不向下而向上，不向遠而向近，和青林朱欄構成一片平面。」〔註10〕移遠就近，飲吸無窮於自我觀照之中，網羅山川大地於門戶之內，自我的主體心靈因此光被四表，格於上下。而萬物也能形自當位，適得其所。

　　詩人如同畫家通過長期對大自然的豐富感受，打破時空的限制，從表現自己對自然的理解和情感來組織畫面，常立足於高空，或高或低，忽遠忽近，遠得見更多的美景。亦即是從全宇宙的角度來觀察大自然局部的景物。

　　中國繪畫空白的處理，也爲自然詩所吸取而得以豐富其表現效能。所謂無畫處皆成妙，無字處皆其意，於空寂處見流行，也於流行處見空寂。中國繪畫的虛空絕不是死寂的物理空間間架，倒是虛中有實，所有的物質都能在當中流動，反而是最活潑最生動的生命源泉。「空」即是「虛」即是「無」亦是「道」，萬物之所由生，它是一無內容的有，充滿無限的可能。

　　自然詩其藝術表現的特徵之一，即是此「靜故了群動，空故納萬境」（蘇軾〈送參寥師〉）的空白處理，也因此能夠產生空靈的境界。清笪重光《畫筌》說：

　　　　空本難圖，實景清而空景現。神無可繪，眞境逼而神境生。

　　　　位置相戾，有畫處多屬贅疣。虛實相生，無畫處皆成妙境。

自然詩往往也有如同繪畫上的空白處理，例如王維：

　　　　行到水窮處，坐看雲起時。（〈終南別業〉）

〔註10〕同註9，頁92。

> 江流天地外，山色有無中。(〈漢江臨汎〉)
>
> 白雲廻望合，青靄入看無。(〈終南山〉)

總之，以山水田園爲題材的自然詩已不再是寄托玄言的場景，不再是寄托玄遠的人生哲理的環境背景，而是依靠自然山水的勾畫，創造一繪畫般的畫境，詩人消失或溶化在這畫面之中，通過意境和畫面來感染人，通過意境和畫面來表達詩人的自然情性。

第三節　變幻空間　別有韻致

自然詩以山水田園爲主，寫大自然空間千百態，有一獨特的表現方式，以空間感覺來轉化爲一時間感覺的表現手法，而其過程，就如同電影表現手法。讀者就詩中所構成的一連串景物與動作，必然產生一綿延不斷的視覺觀察程序，如同銀幕上不同的鏡頭一般，在讀者腦海的想像銀幕上，變爲一組前後相聯貫的時間次序了。同時，其過程也有一個較知性的想像或幻想的世界，譬如王維〈木蘭柴〉：

> 秋山斂餘照，飛鳥逐前侶。彩翠時分明，夕嵐無處所。

整個空間布滿夕嵐彩翠，秋山前一群飛鳥相逐，一幕幕飛鳥、色彩變化的視覺意象，映入讀者腦海的想像銀幕，其先後的次序，忽遠忽近，疑幻疑眞，不斷給人想像視域的轉移，造成靈動，宕出遠神。此類的自然詩有電影性質，和銀幕上慢鏡頭移動所產生的視覺效果頗爲相似。〔註11〕同時，該文也舉出「軌道上的移動」(Tracking)和「泛移動」(Panning)。〔註12〕

一首自然詩也會順著攝取景物的方向移動，讓人彷彿感覺到身體隨著描寫的景物一齊移動。例如王維〈青溪〉：

> 言入黃花川，每逐清谿水。隨山將萬轉，趣途無百里。
>
> 聲喧亂石中，色靜深松裏。漾漾汎菱荇，澄澄映葭葦。

〔註11〕參見王潤華〈從電影手法角度分析王維的自然詩〉《中西比較文學論集》(台北：時報)，頁167～168。

〔註12〕同註11，頁168～169。

　　　　我心素以閒，清川澹如此。請留磐石上，垂釣將已矣。

又如孟浩然〈登鹿門山〉前八句：

　　　　清曉因興來，乘流越江峴。沙禽近方識，浦樹遙莫辨。

　　　　漸至鹿門山，山明翠微淺。巖潭多屈曲，舟檝屢回轉。

也都是軌道上移動的手法，讀者乘上詩人的翅膀，一起翱遊每一個令
人留戀的空間，不僅予人有身歷其境的感覺，同時，本身已呈現「流
動」的風格。

　　自然詩人不少詩作因造訪禪院方外而起，往往不直接說出隱者本
身，常藉一路所見的景物來烘托隱者，同時也象徵自己。此類作品，
共同的特色是充分表現一路遞變的空間。孟浩然〈疾愈過龍泉寺精舍
呈易業二公〉即是：

　　　　停午聞山鐘，起行散愁疾。尋林采芝去，谷轉松蘿密。

　　　　傍見精舍開，長廊飯僧畢。巨渠流雪水，金子耀霜橘。

　　　　竹房思舊遊，過憩終永日。入洞窺石髓，傍崖采蜂蜜。

　　　　日暮辭遠公，虎谿相送出。

又如常建〈仙谷遇毛女意知是秦宮人〉前十二句：

　　　　溪口水石淺，泠泠明藥叢。入溪雙峰峻，松枯疏幽風。

　　　　垂嶺枝嫋嫋，翳泉花濛濛。黛緣霽人目，路盡心彌通。

　　　　磐石橫陽崖，前流殊未窮。回潭清雲影，瀰漫長天空。

　　至於泛移鏡頭，是缺乏流暢連貫，往往將讀者置於固定一點上，
將所有遠近景物盡收眼簾。例如王維〈輞川閒居贈裴秀才迪〉：

　　　　寒山轉蒼翠，秋水日潺湲。倚杖柴門外，臨風聽暮蟬。

　　　　渡頭餘落日，墟里上孤煙。復值接輿醉，狂歌五柳前。

每一景物盡收眼簾，相對地，自己也因此與之和諧如一，自己就如那
蒼翠的山，潺流的秋水，臨風高唱的暮蟬。甚至是渡頭的落日，墟里
的孤煙一般。又如他的〈登裴秀才迪小台〉：

　　　　端居不出戶，滿目望雲山。落日鳥邊下，秋原人外閒。

　　　　遙知遠林際，不見此簷間。好客多乘月，應門莫上關。

此首的表現手法是一入一出一入一出，不同空間的變幻，而產生澹遠

曠達的境界。但鏡頭始終是置於一定點上，滿目的雲山落日，秋原遠林，以至簷間門檻，皆有不同鏡頭的呈現。〈戲贈張五弟諲〉其中八句：

> 清川興悠悠，空林對偃寒。青苔石上淨，細草松下軟。
>
> 窗外鳥聲閒，階前虎心善。徒然萬象多，澹爾太虛緬。

從屋內以觀窗外種種，一景一物皆鏡頭，不但予人具象，而且從鏡頭的串聯中，給人深切的聯想。

又如孟浩然〈萬山潭作〉前四句：

> 垂釣坐磐石，水清心亦閒。魚行潭樹下，猿挂島藤間。

這是典型的泛移鏡頭的手法，從詩人所坐的磐石，釣桿垂於清水之上，再看浮現的遊魚，以至水面掩映的樹影；此刻鏡頭一轉，照上樹幹，再現猿狒垂挂嬉玩於島藤間。不同畫面空間因鏡頭的捕捉而遞換，產生沖淡、空靈的境界。

第四節　捕捉光源　色彩明麗

自然界中，最光明最絢麗的形象，莫過於太陽。凡是經過陽光照耀者，不僅是美，而且可以表現出生氣盎然的生命本質。我們發現自然詩作在形象的表現上，對於陽光也有充分的捕捉。傳統對於此類詩作，都有一致性的看法，認為好用顏色字，對於色彩特別敏銳。其實，色彩來自光的變化，說它能夠充分的捕捉日光，來得更貼切。光是發生的原因，色是感覺的結果。它們的存在有兩種形態，一是光源色，即是光源的色彩。一是物體色，包括不透明物體表面所反射的普遍彩色叫表面色，以及透明體顯示的彩色叫透過色。〔註13〕

自然詩作中，也有不少描繪月夜的恬靜清遠，那也可以說是光的捕捉。不分日夜，視覺之所以有形象產生，全端賴光的普照。因此詩人們在表現「自然」，絕對不會忘卻對光的捕捉。

以下不妨摘錄自然詩作中對日光的捕捉：

〔註13〕參見林書堯《色彩學》（台北：三民），頁74。

新晴望郊郭，日映桑榆暮。

陰盡小苑城，微明渭川樹。（王維〈丁寓田家有贈〉）

殘雨斜日照，夕嵐飛鳥還。（王維〈崔濮陽兄季重前山興〉）

落景餘清輝，輕橈弄谿渚。

澄明愛水物，臨泛何容與。（孟浩然〈耶谿泛舟〉）

空山滿清光，水樹相玲瓏。（岑參〈冬夜宿仙遊寺南涼堂呈謙道人〉）

　　自然詩表現物體為光所照射的物體色，而反映出勃發的色彩，可說是最大的特色。在所有自然詩作中，屢見不鮮。例如：

日暮春山綠，我心清且微。（儲光羲〈尋徐山人遇馬舍人〉）

綠水飯香稻，青荷包紫鱗。（李頎〈漁父歌〉）

樹繞溫泉綠，塵遮晚日紅。（孟浩然〈東京留別諸公〉）

荊溪白石出，天寒紅葉稀。（王維〈山中〉）

大部分是光的原因，而呈其顏色。

　　自然詩中，除了寫光或寫色之外，當也有既寫光又寫色，例如：

雲光侵履跡，山翠拂人衣。（裴迪〈華子岡〉）

色向群木深，光搖一潭碎。（岑參〈終南山雙峯草堂作〉）

「雲光」、「光搖一潭碎」是寫光，山「翠」與「色向群木深」是寫色，二者密切相連。

第五節　泯除對立　空有而中

　　唐代自然詩為達到人我和諧、萬物一體、毫無對立的無我之境，在表現上也有慣用的手法，即是經常泯除一些不必要的對立，如大小、遠近、高下、動靜、今昔……等。劉長卿〈別嚴士元〉云：「細雨濕衣看不見，閒花落地聽無聲。」泯除有無即為一例。到底人間世是沒有絕對可言，譬如對遠近的表現，自然詩並不死守邏輯思維的科學態度，這在前面「詩中有畫」提到的「俯仰自得」，即為例證。除此，自然詩在大小、高下、動靜、今昔……等，也能排除彼此間關係

的惡化。最明顯的是動靜的融合，動中有靜，靜中有動，動中含有無限的靜，靜中亦含有不止的動。動靜純然是天籟，是大地的呼吸，是自然的生息，在表現上能有所把握，相信更能跡近自然。例如：

　　　　朝梵林未曙，夜禪山更寂。（王維〈藍田山石門精舍〉）

「朝梵」、「夜禪」雖是動態的聲響，而山林仍然呈現其靜息。

　　　　萬壑樹參天，千山響杜鵑。（王維〈送梓州李使君〉）

高聳林木的千山是靜的，而杜鵑的啼喚卻是動的。千山卻因杜鵑而彌靜。

　　　　野花叢發好，谷鳥一聲幽。（王維〈過感化寺曇興上人山院〉）

上一句是靜，下一句是動，二者融合而呈顯「幽」境來。

　　　　雨中山果落，灯下草蟲鳴。（王維〈秋夜獨坐〉）

「雨中」較之「山果落」，是屬靜態，（是常態，雨不停地下，以大視野觀其恆動，誠是不動。）「山果落」是動態；「灯下」是靜態，「草蟲鳴」是動態。靜中有動，反而造成一空靈的境界來。

　　　　坐聽聞猿嘯，彌清塵外心。（孟浩然〈武陵泛舟〉）

「坐」是靜止的，「猿嘯」卻是動態，聲聲的猿嘯讓詩人倍覺清心，亦為動靜融合的佳例。

　　　　嶺猿相叫嘯，潭影似空虛。

　　　　就枕滅明燭，扣舷聞夜漁。（孟浩然〈宿武陽即事〉）

二、三句是靜態的，一、四句是動態的，顯現一動一靜，一靜一動的結構。

　　　　道由白雲盡，春與青谿長。

　　　　時有落花至，遠隨流水香。（劉慎虛〈闕題〉）

一、二句是靜態，三、四句是動態，是靜中有動的佳例。

　　　　潭影竹間動，巖陰簷外斜。（綦毋潛〈若耶谿逢孔九〉）

潭是深沈靜謐的，可是因岸竹拂動而使竹影也漂動，造成了潭面生動的畫面。

　　　　夜來猿鳥靜，鐘梵寒雲中。

　　　　峯翠映湖月，泉聲亂溪風。（陶翰〈宿天竺寺〉）

一靜一動，一靜一動的結構，令人在寒雨谿居中，更覺寧靜與沖淡。

　　以上諸例確實是把握到自然界動靜的眞實狀況。更偉大的是，它在動靜的融合中，呈現出沖淡、空靈、和諧的境界來；一切萬物動息何其安恬，絲毫不違己也不累人，像王維〈鳥鳴澗〉、〈鹿柴〉、〈竹里館〉等詩中所表現的境界多麼飄逸超詣呀！

　　另外大小遠近的一同表現，在自然詩中亦不乏其例：

　　　　渡頭餘落日，墟里上孤煙。（王維〈輞川閒居贈裴秀才迪〉）

　　　　荒城臨古渡，落日滿秋山。（王維〈歸嵩山作〉）

一是一遠景一近景，二是一近景一遠景，相互搭配，成爲一幅美景。祖詠〈終南望餘雪〉：

　　　　終南陰嶺秀，積雪浮雲端。林表明霽色，城中增暮寒。

黃永武曾解析爲：「仰視高處雪峯的佳景，俯念低處凍餒的蒼生，就將這二個不同角度攝得的景物並置著，它彷彿脫離了遠近透視法的觀點，把多種視點所攝得的景物，作成一首詩來作總合的表現。」〔註14〕亦是兼備遠觀近觀之例。又例如王維〈萍池〉：

　　　　春池深且廣，會待輕舟廻。靡靡綠萍合，垂楊掃復開。

一、二句是從遠處望，三、四句是從近處看，從小處看。自然詩並不拘限一隅，而能不斷的跳脫超越，泯除空間的設限。

　　王維〈辛夷塢〉云：

　　　　木末芙蓉花，山中發紅萼。澗戶寂無人，紛紛開且落。

在空間是形成強烈的對比，一朵紅花對映著龐然的大山，可是，它並不因此而格格不入，山因紅萼而顯生氣，生命的莊重感豈不令人油然而生？

　　在時間上，也有強烈的對比在，「澗」句是一縣長久遠的現在，未來進行式，而「紛」句卻是短暫刹那。自開自落，在整個自我的時光中，依然存在，依然被尊重。

而〈木蘭柴〉云：

──────────────

〔註14〕參見黃永武《中國詩學──設計篇》（台北：巨流），頁61。

秋山歛餘照，飛鳥逐前侶。彩翠時分明，夕嵐無處所。

亦是泯除時空的一首好詩。說「時分明」，實是分不明。說「無處所」，無邊無際，整個天空，整個秋山，甚至整個宇宙，都籠罩在五彩繽紛的夕嵐之中。這是一幅絢麗多姿的充滿生機的秋色圖。詩人正是在這繪畫般的塗抹中，取色、選聲、構圖、造境、超越時空的界限，在秋山、夕陽的衰頹的表象上，創造了最爲絢爛、最爲動人的秋山夕照的詩中畫。〔註15〕

至於在數量上，自然詩也能泯除其對立的關係，「一中多，多中一」，如王維〈雜詩〉：

君自故鄉來，應知故鄉事。來日倚窗前，寒梅著花未？

前二句是「許多」，後二句只關心「一件事」，然二者卻又是有機的緊密融合，顯出空靈。

以上例證，似乎可以發現自然詩於動靜、遠近、大小等相對泯除中，頗有禪宗所謂的三關「空」、「有」、「中」。〔註16〕靜中有動，靜是「空」，動是「有」，然動靜二者的諧和，宕出遠神，即爲「中」。反之，動中有靜者，動是「空」，恆動中之「靜」誠爲「有」，而靜動的交會，便是「中」。至於大小、遠近皆亦然。試以〈鳥鳴澗〉爲例，第二句「夜靜春山空」是空的境界，一切歸於寂靜，第三句「月出驚山鳥」是「有」，具充分妙有的作用，劃破寧靜的情景。然而第四句「時鳴春澗中」，進入中道，「即空即有，非空非有。」然而在泯除對立的同時，自然詩中之畫面、音響、動態等亦是一有機具體的結合，表現出形象的具體性與鮮明性。

自然詩能超越於萬物，而不執著於絕對，實在是因爲自然詩人們大抵都受佛、道思想的影響有關，明白自然萬物生存的眞相，而不執意於人爲的造作。萬物皆空，皆源於一，但又展現一切的可能，觀照一切的情境；一即一切，一切即一。

〔註15〕參見張碧波〈略談王維山水詩的藝術特色〉《唐詩探勝》（河南：古籍）。
〔註16〕參見陳榮波〈禪與詩〉，《禪海之筏》（台北：志文）。

第六節　自發流動　往來千載

　　自然之藝術表現的另一特徵是「流動」。唐代其他類型詩作當不乏「流動」，諸如邊塞詩，寫滾滾黃沙中，豪情萬千，不可一世的壯志，氣勢必然是橫行無阻。可是，二者終究有所不同，邊塞詩雖具有「流動」之態，本身卻無流動的實際推動力量；徒具條件而有所表現，但本身卻沒有自發的能力，它必須仰賴詩人個體的吞吐。但自然詩卻不然，就現象而言，它既能有流動之態，而且它還具有真正「流動」的本質，有自動自發的原動力。如孟浩然〈夏日南亭懷辛大〉云：「荷風送香氣，竹露滴清響。」香氣遠溢，清響傳揚，的確是流動之象，「氣」與「響」皆具備流動的條件。更可貴的是，它們能扣緊住荷之「風」、竹之「露」；二者皆是大自然生生不滅的代表。它們永不止息，整個詩句的境界，不但透徹無礙，更可貴的是不斷流動而推向清淳無華至高無上的境界。司空圖《詩品》中「流動」云：

　　　　若納水輨，如轉丸珠。夫豈可道，假體如愚。
　　　　荒荒坤軸，悠悠天樞。載要其端，載同其符。
　　　　超越神明，返返冥無。來往千載，是之謂乎。

自然詩重要的是能超越，緊扣那真體的「荒荒坤軸，悠悠天樞」，而不只淪為水輨丸珠，徒具「假體」。

　　在自然詩創作精神境界的探索中，我們發現自然詩所表現那生機勃發玲瓏剔透的自然生命，寫花紅葉綠山青水碧亙古不滅的自然生命，不正是地之所載「荒荒坤軸」、天之所覆「悠悠天樞」。它留意於天地運轉之道，掌握到流動的實質精神。〔註17〕

　　而且它還「載要其端，載同其符」，既藏於內又發於外；內外統一，本末一貫。它表現出天地運轉之象，也從流動的現象印證流動的實質精神。「荷風送香氣，竹露滴清響」，有流動的現象，當中更有流動的實質精神，即自然。自然何嘗不正是「來往千載，是之謂乎」，也唯有它才是千載以來的總括。

〔註17〕參見詹幼馨《司空圖詩品衍繹》（台北：仁愛），頁138。

丘爲〈題農夫廬舍〉：

> 東風何時至？已綠湖上山。湖上春既早，田家日不閒。
> 溝壑流水處，耒耜平蕪間。薄暮飯牛罷，歸來還閉關。

就表現技巧的角度而言，第一句已知春風瀰漫了整個村莊，但自然詩可貴的不止在於此字句表象的流動現象。從本首中可以看出在一片春風籠罩下的農村，一切生生不息的動態感：綠油油的山坡，潺潺的流水，勤奮的農家及老牛，貫串在全詩中的是「春」的流動。

第七節　含蓄無我　自有高意

自然詩始終以客觀的形象語言，來呈現大化外在的形象或動態，少談任何的主觀情感，但言外自有高意。乍看所表現的是自我以外的外物，但並不冷酷乏味，往往令人餘音裊繞，言似有盡而意實無窮，所謂「含不盡之意，見於言外。」（梅聖俞）「不著一字，盡得風流。語不涉己，若不堪憂。是有真宰，與之沈浮。如淥滿酒，花時返秋。悠悠空塵，忽忽海漚。淺深聚散，萬取一收。」（司空圖《詩品》）、「詩之至處，妙在含蓄無垠，思致微渺，其寄託在可言不可言之間，其指歸在可解不可解之會。」（姜白石《原詩》）深得「含蓄」之藝術創作的優越表現。

也許有人以為「含蓄」亦不失為一刻意的技法，與之「自然」的精神不復貼切。事實不然，如司空圖所說「語不涉己，若不堪憂」，文字表面並沒有涉及所要顯示的主題，雖然如此，可是讀者已經好像很能理解作品的真正的思想感情了。〔註18〕一點也不造作，「是有真宰，與之沈浮」的。楊振綱《詩品解》說得好，「詩至自然，進乎技矣，或者矢口而道，率意而陳，自詡天機，絕無餘味，則又不能強人把玩也。故進之以含蓄。」

韋應物〈滁州西澗〉：

〔註18〕同註17，頁119。

　　獨憐幽草澗邊生，上有黃鸝深樹鳴。

　　春潮帶雨晚來急，野渡無人舟自橫。

如此一幅眞而不華、樸而不綺的荒江渡口景象，似乎沒有涉及傳達主題，然而澗邊青青小草，樹叢百囀的黃鶯，無人自陳的小舟所烘托出的境界，不失是媚人秀逸的大自然風韻，言外自見高意。常建〈三日尋李九莊〉：

　　雨歇楊林東渡頭，永和三日盪輕舟。

　　故人家在桃花岸，直到門前谿水流。

寫一路所見，似乎沒談及故人爲何，但事實末二句自有高意，「桃花岸」承「桃花源」之隱逸典故，象徵遠離人間。「直到門前谿水流」更有多種不同的韻致。至少一表桃花隨谿水而流，二表高逸的雅居四面環繞清流，而都有澹遠的風貌，顯出沖淡、空靈的境界。

　　王維寫〈送別〉，詩中卻沒有離別情緒，甚至叫友朋「但去莫復問」，詩云：

　　下馬飲君酒，問君何所之？君言不得意，歸臥南山陲。

　　但去莫復問，白雲無盡時。

答案是「白雲無盡時」，一切盡在不言中，寄寓無盡的白雲。其實是要朋友什麼都不說什麼都不問，只要欣賞大自然的美景，足以自樂無窮。王維與裴迪的輞川酬唱，也幾乎都是「含蓄」的表現。試舉一例裴迪〈宮槐陌〉：

　　門前宮槐陌，是向欹湖道。秋來山雨多，落葉無人掃。

前二句表明背景空間，重點是在三、四句，那秋來滿地無人掃的落葉，以下雖無解說，然空靈的境界卻在其中。

　　不少詩作筆下的田叟、漁翁、老農、隱士……，以至浮雲流水花草樹木，實際亦是詩人的化身，可是在整個作品的表現上，它是含蓄的。

小　結

　　唐代自然詩的語言形式之最大特色是不假雕琢，用字淺顯平淡。

試觀唐代自然詩以五言爲主，長度十分有限，大都是單字描寫的情況，誠如第一節所言簡單意象語言含有一般性的總稱，藉比喻性的延伸以及蒙太奇並置的效果，宕出遠神，予人不盡的遐思與聯想。自然詩能掌握客觀景物，充分運用繪畫之空間藝術技法，如第二、三節所談，很容易達成主客合一、情景交融的境界。杜國清〈論漢字作爲詩的表現媒介〉也談到：

> 詩的語言有兩種，一是意象式的，一是陳述的。……在表現上，前者多用名詞，傾向於空間的構圖，呈現爲靜態的，客觀的具現；後者多用動詞，傾向於時間的連續，呈現爲動態的，主觀的斷言。在言語表現上，前者依賴字與字之間的肌理關係，後者注重句子在構成上的句法。在藝術型態上，前者屬於繪畫性，後者屬於音樂性。〔註19〕

檢視唐代自然詩當傾向空間繪畫性，爲靜態的客觀的具現。

　　唐代自然詩不僅是大自然直觀感相的捕捉，更是大自然活躍生命的展現，故第四、五、六節所談的大抵旨在表現大自然那份蓬勃的生機。

　　唐代自然詩內盡其意、外取其象，主客合一，虛實相濟，竟能表現出沖淡、空靈、曠達、疏遠的心靈境界，綜觀主要的表現手法在於「含蓄」上，而深得言外之意、弦外之音、韻外之致，即爲第七節。

　　上述七節只是自然詩之表現技巧較爲慣用且深具特殊者，絕不與「不假雕琢」相衝突。一則彼此特徵間並無必然優劣先後之別，亦不刻意爲唯一技法。二則各節所標舉之特色的內部，尤爲自由，並不墨守於一。

　　語言形式之表現技巧的深究，必須緊扣內在心靈境界的探索，才有意義而不致浮游孤立。也就是說本章所擷取的七項唐代自然詩之形式特色，正可以輕易且充分的表現出上一章所述之內在心靈境界。誠如下列圖式：

〔註19〕參見杜國清〈論漢字作爲詩的表現媒介〉《中外文學》八卷九期。

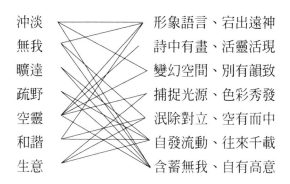

沖淡　　　　　　　　　　　　形象語言、宕出遠神
無我　　　　　　　　　　　　詩中有畫、活靈活現
曠達　　　　　　　　　　　　變幻空間、別有韻致
疏野　　　　　　　　　　　　捕捉光源、色彩秀發
空靈　　　　　　　　　　　　泯除對立、空有而中
和諧　　　　　　　　　　　　自發流動、往來千載
生意　　　　　　　　　　　　含蓄無我、自有高意

各種表現特徵都能充分彰顯出主客合一、情景交融的心靈境界。

　　一般探研唐代自然詩者，常舉以閒、澹、清、眞、靜、遠、和等境界，以爲能夠泯除物我對立，更而物我和諧一體，如同王國維《人間詞話》云：

　　　　無我之境，人惟於靜中得之。有我之境，由動之靜時得之，

　　　　故一優美一宏壯也。

他把無我之境歸之爲「優美」一類。的確，就表現技巧而言，是屬優美一格。優美相對於宏壯，如同清姚鼐、曾國藩所謂陰柔之於陽剛。〔註20〕

　　自然詩偏向名詞性之空間繪畫藝術的靜態表現，也經常捕捉光源、靜動而表現活潑的生機，予人的美感經驗多屬陰柔類型。

〔註20〕參見姚鼐〈復魯絜非書〉、〈海愚詩鈔序〉，曾國藩〈聖哲畫像記〉，皆有云「陽剛」與「陰柔」。

第六章　唐代自然詩之影響

　　丸山學《文學研究法》說：「文學生自時代而歸於時代。」本書第三章談作品的形成原因，是屬於「來自時代」的研究。第四、五章乃是面對文學作品的研究，分別就自然詩之內在與外在作一探索，是屬於「是什麼」的省察。本章主要是談「歸於時代」的課題。

　　在緒論中曾談及文學作品不能忽略歷史的省察而孤懸地討論，它必須落實在歷史的傳承上，而唐代自然詩歸於時代的程度如何？即影響後代如何？本章試圖從三個角度來討論。第一是從文學創作來看，第二是從文學理論來看，此乃屬文學的範疇。第三是與其他藝術的角度來看，則是文化史的層次。如此找尋，旨在肯定唐代自然詩的歷史地位，使不失墜於萬一。

第一節　對文學創作的影響

　　自然詩的形成絕非因一時一地一人，乃經多少歲月以及多少天才的摸索創作，才蔚然成風，立於文學史之一大席。尤其，正值唐代詩歌最輝煌的盛世，其熠熠的光芒，必然為後世所尊崇。翻開唐以後的文學史，我們不難隨處可尋到自然詩的影子，雖沒有唐一代波瀾壯濶，然可謂源遠流長，歷久不衰。

　　以下試圖就宋詩、詞與元曲舉例加以佐證。

一、對宋詩的影響

宋初西崑時代，雖主華豔，尚纖巧，然待至歐、蘇、梅、王北宋四大家，即有自然詩風出現。尤其是梅聖俞清新平淡見長。劉大杰曾說他：「『因吟適情性，稍欲到平淡。』（〈和晏相公〉）『作詩無古今，惟造平淡難。』（〈讀邵學士詩卷〉）這都是他自己的口供。因此，他在古代的詩人裏歡喜陶潛、王維、韋應物一類的人。他這種風格的養成，大半由於他的生活環境和因這種環境而形成的那種逍遙自適的人生觀。《漁隱叢話》稱其詩『工於平淡，自成一家。』《風月堂詩話》說他早年專學韋蘇州。」〔註1〕

試舉他田園之作〈田家〉：

高樹蔭柴扉，青苔點落暉。荷鋤山月上，尋逕野煙微。

老叟扶童望，羸牛帶犢歸。燈前飯何有，白薤露中肥。

另一寫山水之作〈魯山山行〉：

適與野情愜，千山高復低。好峯隨處改，幽徑獨行迷。

霜落熊升樹，林空鹿飲溪。人家在何許？雲外一聲雞。

「適與」一句似乎可以概括他樂好自然風物的脾胃，其風貌固是唐代自然詩的影子。又如另一首〈田家〉：

綠楊高下映平川，賽罷田神笑語喧。

林外鳴鳩春雨歇，屋頭初日杏花繁。

以及〈秋郊曉行〉：

寒郊桑柘稀，秋色曉依依。野燒侵河斷，山鴉向日飛。

行歌採樵去，荷鍤刈田歸。秫酒家家熟，相邀白竹扉。

見不到「多議論」、「言理不言情」、「淺露俚俗」宋詩特有的一面，倒是保有溫馨和諧沖淡的自然詩風。

至於拗相公王安石在世雖最尊唐人杜甫、韓愈。然晚年罷官退隱金陵蔣山，日日與山水詩文為友，寫出不少閑適平淡的小詩，也有唐代王、孟的風貌。如〈悟真院〉：

〔註1〕見劉大杰《中國文學發展史》（台北：中華），頁661。

野水從橫漱屋除，午牕殘夢鳥相呼。

春風日日吹香草，山北山南路欲無。

寫出生意盎然的春之禮讚，末了讓滿山遍野的青草掩沒了小徑，徜徉其間，又該是別有一番風韻。又例如〈竹裏〉：

竹裏編茅倚石根，竹莖疏處見前村。

閒眼盡日無人到，自有春風為掃門。

〈書湖陰先生壁〉云：

茅檐常掃淨無苔，花木成蹊手自栽。

一水護田將綠遶，兩山排闥送青來。

〈江上〉云：

江北秋陰一半開，曉雲含雨卻低回。

青山繚繞疑無路，忽見千帆隱映來。

都存有唐代澹遠的自然詩風。

　　浪漫詩人蘇軾，不但是北宋最偉大的詩人，也是最能呼應唐代的自然詩人。他說王維詩中有畫，畫中有詩。尤其，他「隨物賦形」的藝術理論，〔註2〕一再肯定存在的事物本來是什麼樣子，就該給它寫成什麼樣子。他自評文說：「吾文如萬斛泉源，不擇地皆可出。在平地滔滔汨汨，雖一日千里無難，及其與山石曲折，隨物賦形，而不可知也。所可知者，常行於所當行，常止於不可不止，如是而已矣。其他，雖吾亦不能知也。」旨在說明天地萬物不同的情狀，其適合的表現，是不可違反自然的規律。又所謂「大略如行雲流水，初無定質，但常行於所當行，常止於不可不止，文理自然，姿態橫生。」（〈答謝民師書〉）上述所謂賦形，不只是外在的常形（相對靜止狀態的外部形態）、變形（迅速變化中的外部形態），更是內部形態的更高相似「神似」。〔註3〕如此理論

〔註2〕所謂藝術理論乃以藝術作為研究的主要對象，旨在聯繫各門藝術的特點，來探討各門藝術在反映現實生活的過程中，是怎樣具體地表現人類的審美意識和創造美的。參見朱孟實等著《中國古代美學藝術論》（台北：木鐸），頁328。

〔註3〕參見徐中玉〈論蘇軾的「隨形賦形」說〉《中國古代美學藝術論》（台北：木鐸），頁217。

的衍生，倘推之唐代自然詩不無關係。自然詩所描摹的山水田園，不單亦是求其常形、變形之似，更是神似，即自然之理。誠如蘇軾所說的「文理自然」。他〈書鄢陵王主簿所畫折枝〉二首之一「論畫以形似，見與兒童鄰。賦詩必此詩，定知非詩人。」要求繪畫作品不要太拘於形似，要描繪出對象的精神實質。也同樣要求詩歌創作不要太執著於所要表現的內容，要求表現出言外之意和韻外之致。〔註4〕

就形象語言的角度，以及美感經驗的轉化而言，詩與畫實有相通且有承續的痕跡。王、孟等自然詩作，往往有畫境；而蘇軾不但把握住詩畫二者的密切關係，他更有題畫詩，在畫境中嶄露自然的詩境。試看他的〈書李世南所畫秋景〉：

> 野水參差落漲痕，疏林欹倒出霜根。
>
> 扁舟一櫂歸何處？家在江南黃葉村。

又〈李思訓畫長江絕島圖〉：

> 山蒼蒼，水茫茫，大孤小孤江中央。
>
> 崖崩路絕猿鳥去，惟有喬木攙天長。
>
> 客舟何處？棹歌中流聲抑揚。
>
> 沙平風軟望不到，孤山久與船低昂。
>
> 峨峨兩煙鬟，曉鏡開新妝。
>
> 舟中賈客莫漫狂，小姑前年嫁彭郎。

他寫了不少靜謐的遊歷山水之詩，留傳後世，如〈青牛嶺高絕處有小寺人跡罕到〉云：「明朝且復城中去，白雲卻在題詩處」、〈雨晴後步至四望亭下漁池上遂自乾明寺前東岡上歸〉云：「市橋人寂寂，古寺竹蒼蒼」、〈題西林壁〉云：「不識廬山眞面目，只緣身在此山中」……等多首。他不但表現寧靜的自然風貌，也透露佛禪的空靈，試讀〈端午遍遊諸寺得禪字〉：

> 肩輿任所適，遇勝輒流連。焚香引幽步，酌茗開淨筵。
>
> 微雨止還作，小窗幽更妍。盆山不見日，草木自蒼然。

〔註4〕參見徐壽凱〈關於蘇軾的一首論詩論畫詩〉《中國古代藝文思想漫話》（台北：木鐸），頁186～189。

忽登最高塔，眼見窮大千。卞峯照城郭，震澤浮雲天。

深沈旣可喜，曠蕩亦所便。幽尋未云畢，墟落生晚煙。

歸來記所歷，耿耿清不眠。道人亦未寢，孤燈同夜禪。

至於蘇軾寫田園風貌者，也脫離不了王、孟自然詩風，如〈新城道中〉云：

東風知我欲山行，吹斷簷間積雨聲。

嶺上晴雲披絮帽，樹頭初日掛銅鉦。

野桃合笑竹籬短，淡柳自搖沙水清。

西崦人家應最樂，煮葵燒筍餉春耕。

清新沖淡，明朗秀麗，心境更富達觀。

南宋是歷史上一個動亂的世代，在國破家亡，山河變色之下，詩人不乏滿腔熱血亦或自命高蹈之不同生命情調；所寫出的詩作，當有不同的風貌。可是，自然詩風仍深深的影響者這一時代的詩人們。

以下試圖就幾位南宋大家中，找尋王、孟的風格。

愛國詩人陸游在中年曾接觸壯麗山河的記憶，待至晚年心境的淡寞，而吟詠出的詩境，頗能顯現王、孟的遺風。劉大杰說他晚年「兒孫膝下之歡，田園山水之趣，酒味花香，湖光樹影，成了這位老詩人的另一世界。」〔註5〕他的題材，大抵專注於田園的歌頌與寫實爲主，當中透露出安逸滿足的歸隱情懷，〈遊山西村〉云：「莫笑農家臘酒渾，豐年留客足雞豚。山重水複疑無路，柳暗花明又一村。簫鼓追隨春社近，衣冠簡朴古風存。從今若許閒乘月，拄杖無時夜叩門。」最爲有名。試讀他的〈小園〉：

小園煙草接隣家，桑柘陰陰一徑斜。

臥讀陶詩未終卷，又乘微雨去鋤瓜。（四首之一）

村南村北鵓鴣聲，水剌新秧漫漫平。

行遍天涯千萬里，卻從鄰父學春耕。（四首之三）

在他以田園爲題材的自然詩中，最大的特色誠如上述自足之樂外，更

〔註5〕同註1，頁680。

透出田家和諧融融之樂，例如〈秋晚〉六首之一：

> 新築場如鏡面平，家家歡喜賀秋成。
>
> 老來懶懶慚丁壯，美睡中聞打稻聲。

由於家家形喜於色，雖有慚疚之情，可是沒有絲毫壓力，因為丁壯絕不計較。於是末了一「美」，不單代表老者的安適，也代表老者對丁壯心領的美意，更呈現出豐收季節的美景。又如〈月下〉云：

> 月白庭空樹影稀，鵲棲不穩遠枝飛。
>
> 老翁也學癡兒女，撲得流螢露濕衣。

既是景色清新外，更表現出老少融洽和樂的一面。更可貴的是詩人的拙痴；毫不矯情的表現出棄老還童生命的眞實。

陸游還有不少表現自然意境的詩作，如〈牧牛兒〉、〈東村〉、〈秋懷〉、〈暮秋〉、〈蔬圃絕句〉（七首）、〈柳橋晚眺〉、〈晚春即事〉（四首）等皆是一流之作。

就藝術表現技巧而言，陸游詩中對「時間」、「空間」、「色彩」（視覺）、「音響」（聽覺）有充分靈活的變化，如〈初夏〉：

> 紛紛紅紫已成蔭，布穀聲中夏令新。
>
> 夾路桑麻行不盡，始知身是太平人。

在「紅」「紫」的色彩與「布穀」的叫聲中，見到時間的流轉，四時的變化；而用一「新」字，表現出生命盎然的氣象。小路夾道的桑麻，無涯無際，一路沿伸而去，造成一個綠蔭深濃的空間，把詩人帶入桃花源的太平世界。

年長於陸游的楊萬里，同為南宋四大家之一，是多產詩人。他也有精彩的自然詩作，如〈農家〉六言：

> 插秧已蓋田面，疏苗猶逗水光。
>
> 白鷗飛處極浦，黃犢歸時夕陽。

表現出自然的生命力，而且還寓有沖淡高遠的性格。既是一顆小小初生的「疏苗」，面對千古不變的「水光」；既是一隻落單的白鷗，朝往無際的水涯；既是一條質樸安分的黃犢，卻默守夕陽。第二句是現時的時空，第三句寫無限空間，第四句寫時間。如此的六言詩極類

似王維「田園樂」，而且更能透出無我的境界。

　　在質在量上，楊萬里以山水田園爲題材的自然詩作，都佔有重要的一席。再試讀寫大片水田的農村〈曉登多稼亭〉之一：

　　　雨前田畝不勝荒，雨後農家特地忙。
　　　一眼平疇三十里，際天白水立青秧。

還有更口語化的〈插秧歌〉：

　　　田夫拋秧田婦接，小兒拔秧大兒插。
　　　笠是兜鍪簑是甲，雨從頭上濕到胛。
　　　喚渠朝餐歇半霎，低頭折腰只不答。
　　　秧根未牢蒔未匝，照管鵝兒與雛鴨。

代表安居樂業的農家生活，毫無一絲貧奢之情。還有〈暮行田間〉二首之一，也有相同的詣趣：

　　　水滿平田無處無，一張雪紙眼中鋪。
　　　新秧亂插成井字，卻道山農不解書！

　　以山水遊記爲題材的詩作，楊萬里也寫了不少，但就整首詩作的聯貫性、統一性而言，是較唐人遜色許多。往往無法貫串每一個形象所映出的意境，而獲得空靈流動的境界，試看他〈庚子正月五日曉過大皋渡〉：

　　　霧外江山看不眞，只憑雞犬認前村。
　　　渡船滿板霜如雪，印我青鞋第一痕。

〈小池〉云：

　　　泉眼無聲惜細流，樹陰照水愛晴柔。
　　　小荷才露尖尖角，早有蜻蜓立上頭。

〈宿新市徐公店〉二首之一：

　　　籬落疏疏一徑深，樹頭新綠未成陰。
　　　兒童急走追黃蝶，飛入菜花無處尋。

　　小陸游一歲的范成大，自號石湖居士，有別墅稱之石湖，類似王維隱居輞川。他也有不少歌頌山水田園之作，以客觀的角度寫〈四時田園雜興〉六十篇，可說是他與之唐代自然詩淵源的第一證據：分春

日、晚春、夏日、秋日、冬日等時令來寫。詩前有小引說:「淳熙丙午,沈疴少紓,復至石湖舊隱,野外即事,輒書一絕,終歲得六十篇四時雜興。」劉大杰《中國文學發展史》說他靜心觀察農村的生活,本無意求工,卻無不自然活潑,清新有味,還帶有一些民歌風趣。

特別值得一提的是,他的七言勝過五言,尤其是七絕成就最大。唐代自然詩以五言為主要表現的形式,而范成大有脫胎之功。〈四時田園雜興〉六十首之一〈夏日田園雜興〉:

> 梅子金黃杏子肥,麥花雪白菜花稀。
> 日長籬落無人過,唯有蜻蜓蛺蝶飛。

又如寫山行之快者〈自橫塘橋過黃山〉:

> 陣陣輕寒細馬驕,竹林茅店小帘招。
> 東風已綠南溪水,更染溪南萬柳條。

他也有六言詩,像楊萬里表現出空靈高逸的境界,試讀〈喜晴〉二首之一:

> 窗間梅熟落蒂,牆下筍成出林。
> 連雨不知春去,一晴方覺夏深。

透出自然生命的循環,梅熟蒂落,筍成出林。四時的流轉在不知不覺中遞變,而詩人一點也不刻意營私,完全的接納,也完全的投入,相信他會因晴夏而快活地徜徉其間。又如〈牧馬山道中〉,也能表現如輞川詩一般的空靈:

> 土橋茅屋兩三家,竹裏鳴泉漱白沙。
> 春色惱人無畔岸,亂飄風袖拂梅花。

二、對宋詞的影響

兩宋是「詞」的黃金時代,大量的詞作中,仍有不少歸隱田園山水為題材的詞作,表現出情景交融,物我和諧的境界。宋初晏殊〈破陣子〉:

> 燕子來時新社,梨花落後清明。池上碧苔三四點,葉底黃鸝一兩聲,日長飛絮輕。

　　巧笑東鄰女伴，採桑徑裏逢迎。疑怪昨宵春夢好，元是今
　　朝鬥草贏，笑從雙臉生。

字字清新，句句是和諧；飄揚的柳絮與笑顏相互輝映，是情景交融的
佳例。同時也表現出春的喜悅，盎然一片。

　　歐陽修可說是宋代除蘇軾外寫自然詞作較多的一位，可貴的是他
描寫的客觀景物，不偏山水亦不偏田園，純然與物同化，他十首〈採
桑子〉歌詠潁州西湖的風光，即有沖淡的情懷，不特定的標出主人翁
是誰，物中有我；此大我融入大好的美景之中，既富生意又見和諧。
例如：

　　輕舟短棹西湖好，綠水逶迤。芳草長堤，隱隱笙歌處處隨。
　　無風水面琉璃滑，不覺船移。微動漣漪，驚起沙禽掠岸飛。
　　何人解賞西湖好，佳景無時。飛蓋相追，貪向花間醉玉卮。
　　誰知閒憑闌干處，芳草斜暉。水遠煙微，一點滄洲白鷺飛。
　　殘霞夕照西湖好，花塢蘋汀。十頃波平，野岸無人舟自橫。
　　西南月上浮雲散，軒檻涼生。蓮芰香清，水面風來酒面醒。

歌聲處處，佳景無時，呈現一片和諧貌。「一點滄洲白鷺飛」是空靈
的佳句。「野岸無人舟自橫」乃巧用唐韋應物〈滁州西澗〉。

　　歐陽修還有著名的〈漁家傲〉，寫十二月令大自然生成化育，舉
凡花草樹木、鶯燕百蟲盡入詞中，然最主要的是借自然景物的描繪，
反映詞人仰慕鄉情與沖淡的胸襟。

　　宋代以詞為風尚，蘇軾的出現使詞風再變，開拓了宋詞的內容，
也提高了宋詞的境界。劉大杰說「他絕不因一時的失意，就沈溺於酒
色而不能自拔，他有高遠的理想，他善於在逆境中，解脫他的苦悶，
拯救他的真靈。山水田園之趣，友朋詩酒之樂，哲理禪機的參悟，都
是他精神上的補藥。所以他無論處於何種難關，他都能保持他的正常
的人生。」〔註6〕他的〈漁父詞〉實可與唐代自然詩相媲美。

　　漁父飲，誰家去？魚蟹一時分付。

────────────

〔註6〕同註1，頁592～593。

酒無多少醉爲期，彼此不論錢數。
漁父醉，簑衣舞。醉裏卻尋歸路。
輕舟短棹任橫斜，醒後不知何處？
漁父醒，春江午。夢斷落花飛絮。
酒醒還醉醉還，一笑人間今古。
漁父笑，輕鷗舉。漠漠一江風雨。
江邊騎馬是官，借我孤舟南渡。

再舉一例〈鷓鴣天〉云：

林斷山明竹阻牆，亂蟬衰草小池塘。
翻空白鳥時見，照水紅蕖細細香。
村舍外，古城傍，杖藜徐轉斜陽。
殷勤昨夜三更雨，又得浮生一日涼。

是寫田園從容悠游之樂，自我和諧中深得自足之樂逍遙趣，末了更有無言之美。換一角度剖析，本首亦有疏野、沖淡的精神境界。蘇軾閒雲野鶴的沖淡胸懷，尤能寫出「疏野」境界的詞作。例如〈浣溪沙〉兩首：

麻葉層層蒟葉光。誰家煮繭一村香？隔籬嬌語絡絲娘。
垂白杖藜抬醉眼，捋青擣麨軟飢腸。問言豆葉幾時黃？

蔌蔌衣巾落棗花。村南村北响繅車。牛衣古柳賣黃瓜。
酒困路長惟欲睡，日高人渴漫思茶，敲門試問野人家。

又一首〈浣溪沙〉更能表現自然風格中所特有的「空靈」：

山下蘭芽短浸溪，松間沙路淨無泥。蕭蕭暮雨子規啼。
誰道人生無再少？門前流水尚能西。休將白髮唱黃雞。

「蕭蕭暮雨子規啼」是一幅畫亦有一曲優美的旋律，集視覺、聽覺而造成的空靈的境界。「誰道人生無再少？門前流水尚能西。」借流水顯現大自然循環不已、永不止息的生意。

著名詞人辛棄疾也有多首表現田園生活的佳作，像〈清平樂村居〉云：

茅簷低小，溪上青青草。醉裏吳音相媚好，白髮誰家翁媼？
大兒鋤豆溪東，中兒正織雞籠，最喜小兒無賴，溪頭臥剝
蓮蓬。

以淺近的白話來說田家生活，寫誰家的老公老婆醉了，談笑著柔媚的南方話；更能以沖淡之心體味稚子的無邪行徑。沒有知識與願望的夾雜，本原能識的回到童眞的自然純淨的境地。又如有名的〈西江月夜行黃河道中〉：

> 明月別枝驚鵲，清風半夜鳴蟬。
> 稻花香裏說豐年，聽取蛙聲一片。
> 七八個星天外，兩三點雨山前。
> 舊時茆店社林邊，路轉溪橋忽見。

唯其以自然的心境，才能與四時俱化；因爲有自然之情，才能與大自然融合爲一，不分彼此地享受天地厚愛。天人和諧之中，能有春去秋來、冬去春來的生意，也有「路轉溪橋忽見」的快意。因其沖淡，才無掛碍，悠游猶有餘刃。

他也有「疏野」境界的詞作，像〈鵲橋仙〉：

> 松岡避暑，茆簷避雨，閒去閒來幾度？
> 醉扶怪石看飛泉，又卻是前回醒處。
> 東家娶婦，西家歸女，燈火門前笑話。
> 釀成千頃稻花香，夜裏費一天風露。

詞雖與詩的形式體裁有異，但從以上詞作中，我們可以發現自然詩所特有的內在心靈境界，仍在詞中發皇；仍在另一體裁的文學創作中，深深影響者。

三、對元曲的影響

元曲中，受唐代自然詩的影響依然存在。在這歷史文化衰落的黑暗時期，士人內心充滿了不平與苦悶，心灰意冷之餘，離開現世、遁跡山林田園，而抒發心曲，獲得精神慰藉的狀況，十分普遍。元曲諸大家中，如關漢卿、白樸、馬致遠、貫雲石、張養浩、張可久諸人，都有或寫田園生活情趣，或流露田園生活的嚮往，清新可人。〔註7〕

〔註7〕 參見陳幸蕙〈元曲作家筆下的田園生活〉《采菊東籬下》（台北：故鄉），頁196～197。

關漢卿寫「閑適」的〈四塊玉〉之一：

舊酒沒，新醅潑，老瓦盆邊笑呵呵。共山僧野叟閑吟和。
他出一對雞，我出一個鵝，閑快活。

在悠然無愁的醉裏乾坤，是和諧、沖淡、閒適，更有喜悅。

白樸不染糟醶，清麗婉約，超然塵外，在元曲中頗為獨特。他也
有以田園山水隱逸為題的佳作，我們看〈沈醉東風漁父詞〉云：

黃蘆岸、白蘋渡口，綠楊堤、紅蓼灘頭。雖無刎頸交，卻
有忘機友：點秋江，白鷺沙鷗。傲殺人間萬戶侯：不識字，
烟波釣叟。

又如〈天淨沙秋〉：

孤村落日殘霞，輕烟老樹寒鴉，一點飛鴻影下，青山綠水，
白草紅葉黃花。

甘為隱逸，但不寂寞；其世界真是五彩繽紛，生氣勃勃。把一切的塵
緣與慾望撇下，當下就能捕捉、領會到天地自然美好的畫面，進而與
之神會。

馬致遠在政治上失意，寄迹於山林竹籬茅舍間，可說是元人中較
能體會閑適恬靜超然物外之情。〈清江引野興〉八首之一：

東籬本是風月主，晚節園林趣；一枕葫蘆架，幾行垂楊樹，
是搭兒快活閒住處。

本是林間友、塵外客，山間明月的主人，自在地在一架葫蘆幾行垂楊
下，酣飲而睡。又如：

西村日長人事少，一網新蟬噪，恰待葵花開，又早蜂兒鬧，
高枕上夢隨蝶去了。

捕捉住夏日的生之喜悅：蟬鳴新噪，葵花綻放，蜂蝶嬉鬧，而陶然忘
懷於莊周夢蝶之中。〈四塊玉恬退〉也有一安居田園生活的雅興：

綠水邊，青山側，二頃良田一區宅，閒身跳出紅塵外。紫
蟹肥，黃菊開，歸去來。
酒旋沽，魚新買，滿眼雲山畫圖開，清風明月還詩債。本
是個懶散人，又無甚經濟才，歸去來。

外族中精通漢文的貫雲石，愛慕江南，憧憬性適的隱居生活，自稱蘆花道人、酸齋。他〈清江引〉云：

> 棄微名去來心快哉，一笑白雲外。知音三五人，痛飲何妨礙，醉袍袖舞嫌天下窄。

十分豪放飄逸。寫的〈田家〉也頗生動的流露淡泊心懷，逍遙自得於青山綠水的田家生活中：

> 綠陰茅屋兩三間，院後溪流門外山，山桃野杏開無限。怕春光虛過眼，得浮生半日清閒。邀隣翁爲伴，使家童過盞，直吃的老瓦盆乾。
>
> 布袍草履耐風寒，茅舍疏齋三兩間，榮華富貴皆虛幻。覷功名如等閒，任逍遙綠山青山。尋幾個知心伴，釀村醪飽數碗，直吃的老瓦盆乾。

張養浩官主禮部尚書，參議中書省事，然感慨時政而棄爵從隱。他也算是元人中較能跡近自然詩風的代表之一。他執意退隱「說著功名事，滿懷都是愁，何似青山歸去休。休，從今身自由。誰能夠，一簑烟雨秋。」（〈閱金經榮隱〉）在歸隱田園生活的體驗中，他如同唐代詩人一般，與天地泯合，也可體會出自然的生機，〈喜春來探春〉：

> 梅花已有飄零意，楊柳將垂嫋娜枝，杏桃彷彿露胭脂。殘照底，青出的草芽齊。

又如〈得勝令四月一日喜雨〉：

> 萬象欲焦枯，一雨足沾濡。天地廻生意，風雨起壯圖。農夫，午破蓑衣綠。和余，歡喜的無是處。

自己與老農都眞摰的和田園一體，無比深切。〈雁兒落得帶得勝令〉：

> 雲來山更佳，雲去山如畫。山因雲晦明，雲共山高下。倚杖立雲沙，回首見山家。野鹿眠山草，山猿戲野花。雲霞，我愛山無價。看時行踏，雲山也愛咱。

〈十二月帶堯氏民歌〉：

> 從跳出功名火坑，來到這花月蓬瀛，守著這良田數頃，看一會雨種烟耕；到大來心頭不驚，每日家直睡到天明。
>
> 見斜川鷄犬樂昇平，繞屋桑麻翠烟生，杖藜無處不堪行，

滿目雲山畫難成。泉聲響時仔細聽，轉覺柴門靜。

非但樂好田家生活，還表現出田園與詩人的寧靜境界。

張可久也有類似之作，在他多產的作品中，大部分是反映了超然世外風流一醉翁的放浪格調。他一首〈人月圓山中書事〉：

> 興亡千古繁華夢，詩眼倦天涯。孔林喬木，吳宮蔓草，楚
> 廟寒鴉。　數間茅屋，藏書萬卷，投老村家。山中何事？
> 松花釀酒，春水煎茶。

把不可靠的撤棄，縱浪大化，才是永恆。他也有以自然物表現自然境界的佳作；如〈朝天子〉亦同爲佳作：

> 罷手，去休，已落在淵明後。百年心事付沙鷗，更誰是忘
> 機友。洞口魚舟，橋邊村酒，這清閒何處有？樹頭錦鳩，
> 花外啼春晝。

第二節　對文學理論的影響

一、對詩論的影響

自然詩其情景交融而有韻外之致的特有風貌，在中國詩學創作上佔有一席之地，而流傳千古。可貴的是，它更提供了神韻一派詩論完整的建立。我們說理論與創作是相輔相成，缺一不可。先有創作的成果，而後文學理論從反省中浮現。文學理論出現於作品之間，它以先行的作品爲研究對象，從其內尋覓公理或法則，然後以這套公理或法則，去度量以後的作品。文學的源流一如人類的歷史，它在變化（創作）中求條理（理論），條理外起變化，變化中又求條理，永遠在秩序的堅持（理論）與秩序的破壞（創作）的張力裏生長與邁進。〔註8〕

神韻一派以司空圖、嚴羽、王夫之、王士禎最爲重要。普遍的一

〔註8〕參見顏元叔〈文學理論的功用〉《中國文學批評年選》（柯慶明編、台北、巨人）。

個共同特色：他們都嚮往溫柔婉約的陰柔風格，尤重超越詩語意象所引發的美感經驗，特別是樂好唐代以田園、山水、隱逸爲題的自然詩作，經常在其詩話文集中，高舉王、孟一派。不單是讚許，在理論的建構上，其內部幾以自然詩之精神境界與表現特徵爲精髓。

（一）司空圖

司空圖《詩品》可謂其代表作，雖有零散「韻外之致」、「味外之旨」、「不知所以神而自神」（〈與李生論詩書〉）「象外之象，景外之景」（〈與極浦談詩書〉）的論點，然仍以《詩品》較爲完整。《詩品》標目二十四則，熔形象思維與邏輯思維於一爐，不僅探討詩作的風格，亦談創作的經驗。

司空圖受自然詩影響的第一個特色是，各品主體幾乎含有隱逸超脫的思想與情感。詹幼馨曾統計：

> 二十四《詩品》中，一次談到「畸人」（高古：「畸人乘眞」）；三次談到「幽人」（洗鍊：「載歌幽人」，自然「幽人空山」，實境：「忽逢幽人」。）所謂畸人、幽人都不是積極、進取之人。司空圖筆下的「佳士」（典雅：「坐中佳士」），「可人」（清奇：「可人如玉」），「高人」（飄逸：「高人惠中」），以及脫巾獨步之人，（沈著：「脫巾獨步，時聞鳥聲」），深夜聞鐘之人（高古：「太華夜碧，人聞清鐘」），淡泊菊菊之人（典雅：「落花無言，人淡如菊」），脫帽看詩之人（疏野：「筑室松下，脫帽看詩」），荷樵、聽琴之人（實境：「一客荷樵，一客聽琴」），杖藜行歌之人（曠達：「倒酒即盡，杖藜行歌」），來自碧山之人（精神：「碧山人來」），連袂而至，絕非偶然。〔註9〕

以上所拈連出的人格主體，幾乎都是唐代自然詩中的人物。

第二個明顯的影響是，司空圖《詩品》中百分之六十以上皆是形象語言論詩，而少有議論形式的語言，就詩學理論的立場而言，甚爲

〔註9〕見詹幼馨《司空圖詩品衍繹》（台北：仁愛），頁145。

獨特。

　　如此大量的形象語言，簡直就是義界唐代自然詩的翻版。幾乎亦稱得上是唐代末期自然詩的再發皇。諸如：「娟娟群松，下有漪流。晴雪滿汀，隔溪漁舟。可人如玉，步屧尋幽。載瞻載止，空碧悠悠。」（清奇）「玉壺買春，賞雨茆屋。坐中佳士，左右修竹。白雲初晴，幽鳥相逐。眠琴綠陰，上有飛瀑。落花無言，人淡如菊。」（典雅）「綠林野屋，落日氣清。脫巾獨步，時聞鳥聲。鴻雁不來，之子遠行。所思不遠，若爲平生。海風碧雲，夜渚月明。如有佳語，大河前橫。」（沈著）「花覆茅檐，疏雨相過。倒酒既盡，杖藜行歌。」（曠達）「筑室松下，脫帽看詩。」（疏野）……等，無一語發議論，簡直就是四言之自然詩。難怪《全唐詩》將二十四《詩品》列在司空圖詩作之後，以詩看待。

　　如此以形象語言直接描繪的議論方式，（配合幾句邏輯語言的論辯）所以宕出遠神，有味外味、韻外致、象外象的妙有作用。自然詩雖以自然山水田園爲素材，但成就的不只在自然物的精細描繪上，乃是因爲借一切自然景物，而見自然境界。

　　司空圖更深一層次的化形象語言爲形象思維的語言，如說「自然」中的「如逢花開，如瞻歲新」；「含蓄」中的「如淥滿酒，花時返秋」。詹幼馨以爲此形象思維的語言當中有「辯證因素」：

　　　　花開、歲新，是自然規律，逢與瞻是契機。視而不見，受而
　　　　不覺，則無所得；見而有感，覺而生情，則思與境偕，變被
　　　　動爲主動，化無知爲有意，冶自然規律與寫作規律於一爐。

他又說：

　　　　寓有盡與無盡，伸展與收縮於同一實體之中，引人聯想，
　　　　進入勝境；「悠悠空塵，忽忽海漚」。把有與無，多與少，
　　　　久與暫，變與不變幾對矛盾都形象地包羅進來，示人以萬
　　　　有、萬象的變化。〔註10〕

〔註10〕同註9，頁165。

不單是形象思維的辯證，在邏輯思維的語言上，亦有辯證因素在。如此，當可跳脫意象的形態，不滯於文字聲韻之表，而入於意象所衍生的另一境界。誠如他所謂「韻外之致」、「味外之味」、「酸鹹之外」、「韻外韻」、「象外象」。

詹幼馨從肯定的立場看司空圖《詩品》的價值以爲：

> 它揭示了藝術的形象特徵和典型概括的普遍原理，是詩的風格論，是詩的美學觀，是詩的哲學論。它提倡詩歌藝術的多樣性，它強調了意境。它的出現，標誌著我國古典審美趣味的一個大轉折。它倡導沖淡、自然的美的理想，是後期封建社會美學思潮的源頭和濫觴。它的美學思想是對晚唐黑暗現實的否定，表現了不同邪惡勢力合作的態度，是對擺脫社會紛擾的寧靜、安閑、自適的境界的追求。〔註11〕

不僅縣延自然詩的生命內涵，更是對晚唐花間浮艷社會紛擾的一大反動，而默守虛靜閑適的境界，真是詩論中的隱逸。所以《新唐書・卓行傳》，讚美其高超人格。

（二）嚴　羽

嚴羽《滄浪詩話》〈詩辨〉說「詩之極致有一，曰入神。詩而入神，至矣，盡矣，蔑之加矣！惟李杜得之。他人得之蓋寡也。」在他〈詩評〉中也有多處推崇李、杜。如「論詩以李杜爲準，挾天子以令諸侯也。」「少陵詩法如孫吳，太白詩法如李廣。少陵如節制之師。」又說「少陵詩，憲章漢魏，而取材於六朝；至其自得之妙，則前輩所謂集大成者也。」還說「李杜二公，正不當優秀。太白有一二妙處，子美不能道；子美有一二妙處，太白不能作。」他對李杜的看法如此推崇，可是在他〈詩辨〉傳世不墜的精彩論點卻說：

> 夫詩有別材，非關書也；詩有別趣，非關理也。然非多讀書，多窮理，則不能極其至。所謂不涉理路，不落言筌者，上也。詩者，吟詠情性也。盛唐諸人惟在興趣，羚羊掛角，

〔註11〕同註9，頁177。

> 無跡可求。故其妙處透徹玲瓏，不可湊泊，如空中之音，
> 相中之色，水中之月，鏡中之象，言有盡而意無窮。

確實有太多自然詩創作精神境界所蘊含的特色，也說出了自然詩藝術表現的特徵。如詩有別材與別趣，言有盡而意無窮，不正是「含蓄」；羚羊掛角無跡可求，如空中之音、相中之色、水中之月、鏡中之象，不正是「空靈」；不涉理路，不落言筌，也都類似自然詩表現出「沖淡」、「曠達」、「疏野」的特色。

　　郭紹虞以爲滄浪興趣之說，正同於王漁洋神韻之義，標舉李、杜而不宗王、孟的矛盾，是在於他依舊欲在純藝術論上攻擊宋詩純藝術的性靈傾向，加之受到禪學的影響，以禪喻詩，所以才合格調於神韻，混李、杜爲王、孟，而造成矛盾牴牾的現象。他引許印芳〈滄浪詩話跋〉云：「嚴氏雖知以識爲主，猶病識量不足，僻見未化，名爲學盛唐，準李杜，實則偏嗜王、孟沖淡空靈一派，故論詩唯在興趣，於古人通諷喻、盡忠孝、因美刺、寓勸懲之本意全不理會。」也引黃宗羲〈張心友詩序〉加以佐證：「滄浪論唐雖歸宗李杜，乃其禪喻，謂『詩有別材，非關書也；詩有別趣，非關理也』，亦是王孟家數，與李杜之海涵地負無異。」〔註12〕

　　我們從他主要的詩論中，來尋求其對自然詩的反省，該是最穩當的途徑。他詩話的主題是詩禪一致，全在於一「悟」字。〈詩辨〉說：

> 大抵禪道惟在妙悟，詩道亦在妙悟。且孟襄陽學力之下韓
> 退之遠甚，而其對詩獨出退之之上者，一味妙悟而已。惟
> 悟乃爲當行，乃爲本色。

詩禪一致，以禪喻詩，是《滄浪詩話》的主題所在。而唐代自然詩之內在因素，往往也都有禪意，融禪於詩境之中。王士禎《帶經堂詩話》卷三有云：

> 嚴滄浪以禪喻詩，余深契其說，而五言尤爲近之。如王裴
> 輞川絕句，字字入禪。他如「雨中山果落，灯下草蟲鳴」、

〔註12〕見郭紹虞《滄浪詩話校釋》（台北：河洛），頁38。

> 「明月松間照，清泉石上流」、以及太白「卻下水晶簾，玲
> 瓏望秋月」，常建「松際露微月，清光猶爲君」、浩然「樵
> 子暗相失，草蟲寒不聞」、劉愼虛「時有落花至，遠隨流水
> 香」，妙諦微言，與世尊拈花，迦葉微笑，等無差別。通其
> 解者，可語上乘。

自然詩的完全鑒賞，貴在妙悟，正好是滄浪詩禪一致的詩學理論之典範。

（三）王夫之

王夫之《薑齋詩話》卷上：

> 興在有意無意之間，比亦不容雕刻。關情者景，自與情相
> 爲珀芥也。情景雖有在心在物之分，而景生情，情生景，
> 哀樂之觸，榮悴之迎，互藏其宅。

又云：

> 不能作景語，又何能作情語耶？古人絕唱句多景語。如「高
> 台多悲風」、「蝴蝶飛南園」、「池塘生春草」、「亭皋木葉下」、
> 「芙蓉露下落」皆是也。而情寓其中矣。以寫景之心理言
> 情，則身心獨喻之微，輕安拈出。

王夫之特重情景相生之道，他特別側重寫景句，從景中透露出眞情
來，此乃正是唐代自然詩普遍的表現。試觀唐代自然詩無一不寫景，
貴在情景交融的意境。王夫之說：

> 煙雲泉石，花鳥苔林，金鋪錦帳，寓意則靈。

申明景須待意以靈。意即是以情爲主的。能情景融浹，然後在人則見
其胸次絕無渣滓，在詩則不煩推敲自然靈妙。景中生情，而後賓主融
合，不是全無關涉；情中生景，而後不即不離，自然不會板滯。以寫
景的心理言情，同時也以言情的心理寫景，這樣才見情景融浹之妙。
[註13] 王夫之〈夕堂永日緒論〉更說：

> 含情而能達，會景而生心，體物而得神，則自有靈通之句，
> 參化工之妙：若但於句求巧，則性情先爲外蕩，生意索然矣。

他經常言「意」，「意」是情景相融以寫出的意，即爲情景交融的境界，

〔註13〕參見郭紹虞《中國文學批評新論》（台北：元山），頁453。

亦即是自然詩所呈現的自然的境界。

他也相承司空圖、嚴羽的見解，重「不著一字，盡得風流」、「言有盡而意無窮」之言外之意與因象悟意說。所以強調「體物而得神」，不刻意於字句之巧。

（四）王士禛

王士禛主張神韻之說，其淵源主要來自司空圖與嚴羽，他《唐賢三昧集》序云：

> 嚴滄浪論詩云：盛唐諸人，唯在興趣，羚羊掛角，無跡可求，透徹玲瓏，不可湊泊，如空中之音，相中之色，水中之月，鏡中之象，言有盡而意無窮。司空表聖論詩亦云：妙在酸鹹之外。康熙戊辰春杪，歸自京師，居宸翰堂，日取開元天寶諸公篇什讀之，于二家之言，別有會心，錄其尤雋永超詣者，自王右丞而下，四十二人，爲唐賢三昧集，釐爲三卷。

他主張詩貴在那無形的精神，所追求的是那妙不關文字的韻外之致。他特別標榜王、孟爲「正調」，而以爲杜甫爲「變調」，最不喜歡元、白詩，以爲太淺太露。唐代自然詩可以說到了王士禛的手中才得以大放光明。《唐賢三昧集》大多數皆集唐代澹遠清靜的自然詩，所選的四十二人中，亦不乏是自然詩人。

不管後人批評神韻一派詩論陷於空寂、空調、空無內容，而故作吞吐之態；〔註14〕亦或後人不明「神韻」二字旨趣，以爲用語含糊。〔註15〕一般人即使熟讀《詩品》、《滄浪詩話》、《漁洋詩話》，亦未必能悟得何謂味外味？何謂興趣？何謂言外之意？可是若能熟讀《唐詩三昧集》，可望有相當的領會。郭紹虞曾說：

> 我想王士禛神韻之說，不著邊際，不可捉摸，我人縱讀其

〔註14〕參見黃景進《王漁洋詩論之研究》（台北：文史哲），頁201。黃氏引陳衍《石遺室詩話》加以說明。

〔註15〕參見黃維樑〈詩話詞話和印象式批評〉《中國詩學縱橫論》（台北：洪範），頁8。

　　　　所著漁洋詩話，亦未必於此便有相當的了解，如讀其所選

　　　　唐賢三昧集，恐所獲之印象，或者轉較深切也。〔註16〕

唐代自然詩的確提供這一派詩論有進一步更具體的解說，不無貢獻。

　　以上就主張神韻觀者作一系列淺探，旨在找尋各家之主要論點所蘊藏的自然詩之精髓。一則肯定自然詩對後世詩論有著潛在的影響，尤其是使神韻詩派歸結出「不隔」、「韻外之致」、「空中之音，相中之色，水中之月，鏡中之象，言有盡而意無窮」，宕出遠神的論點。二則可以從彼此理論傳承輝映中，肯定自然詩所表現的精神境界與表現特色，歷久不衰。

二、對文論、詞論與曲論的影響

　　唐代自然詩之創作及其獨樹一格的理論基礎，也影響了後代的文論、詞論及曲論。以下試分別各舉二、三例，以爲佐證。

　　明初越派蘇伯衡的文論即爲一例。

　　他主張文出於自然；自然爲至文的準繩，其〈王生子文字序〉曾謂：

　　　　彼殫一生精力，從事於其間者：音韻之鏗鏘，采色之炳煥，

　　　　點畫之婗媚，則自以爲至文矣，而烏在爲文也？嗟夫！文

　　　　而止於辭翰而已，則世何貴焉？而於世抑何補焉？

他更以水、甚是客觀萬物萬象說是天下之至文。借大自然反映文學創作主體的內涵，誠是主客合一、情景交融之自然詩創作原理。〔註17〕

　　另外晚明擬古派的腐化，以及王學心性一派自由良知的覺省，遂造成一不大不小的新文學運動；即標榜「獨抒性靈，不拘格套」的「公安派」、「竟陵派」的產生。例如公安派中，袁中郎的文論即以眞與變爲核心，更以「淡」爲標的，〔註18〕其〈咼氏家繩集序〉云：

〔註16〕轉引自黃景進《王漁洋詩論之研究》，頁81，郭紹虞〈詩話叢話〉《小
　　　　說月報》二十卷四號。
〔註17〕龔師顯宗《明初詩文論研究》（台北：華正），頁53。
〔註18〕同註13，頁378。

蘇子瞻酷嗜陶令詩，貴其淡而適也。凡物釀之得甘，炙之得苦，雖淡也不可造，不可造是文之真性靈也。濃者不復薄，甘者不復辛，惟淡也無不可造，無不可造，是文之真變態也。風值水而漪生，日薄山而嵐出，雖有顧吳，不能設色也，淡之至也。元亮以之，東野長江，欲以人力取淡，刻露之極，遂成寒瘦。香山之率也，玉局之放也，而一累於理，一累於學，故皆望岫焉而卻，其才非不至也，非淡之本色也。

主張掌握到「沖淡」的境界，才是文學創作最重要的關鍵。更因為公安、竟陵的相繼直接影響，遂在晚明造就了另一個偉大的唐代自然詩的時代——清新流麗的晚明小品文。

至於詞論中，亦不乏留有唐代自然詩的餘蔭，講究主客合一、情景交融之沖淡自然情懷，且不經營技巧不雕飾詞句。譬如宋張炎《詞源》（卷下）談〈清空〉云：

詞要清空，不要質實。清空則古雅峭拔，質實則凝澀晦昧。姜白石詞如野雲孤飛，去留無迹；吳夢窗詞如七寶樓台，眩人眼目，碎拆下來，不成片段，此清空質實之說。夢窗〈聲聲慢〉云：「檀欒金碧，婀娜蓬萊，游雲不蘸芳洲。」前八字恐亦太澀。如〈唐多令〉云：「何處合成愁，離人心上秋，縱芭蕉、不雨也颼颼。都道晚涼天氣好，有明月，怕登樓。　前事夢中休，花空烟水流，燕辭歸、客尚淹留。垂柳不縈裙帶住，謾長是，繫行舟。」此詞疏快，卻不質實，如是者集中尚有，惜不多耳。白石詞如〈疏影〉、〈暗香〉、〈揚州慢〉、〈一萼紅〉、〈琵琶仙〉、〈探春〉、〈八歸〉、〈淡黃柳〉等曲，不惟清空，且又騷雅，讀之使人神觀飛越。〔註19〕

詞貴在清空，誠如姜白石詞「野雲孤飛，去留無迹」，讀之使人神觀飛越。試讀張炎所高舉他的〈淡黃柳〉：

空城曉角，吹入垂楊陌。馬上單衣寒惻惻。看盡鵝黃嫩綠，

─────────────────

〔註19〕參見唐圭璋編《詞話彙編》（台北：廣文），頁207～208。

　　都是江南舊相識。

　　正岑寂，明朝又寒食。強攜酒，小橋宅。怕梨花落盡成秋
　　色。燕燕飛來，問春何在？惟有池塘自碧。

此乃抒客懷，寫他旅居合肥，巷陌淒涼，與江南綠意大異。然其中「岑
寂」之貌，「小橋宅」之住處，都是寧靜沖淡的意象，最能宕出遠神
呈現清空之句。至於末了三句「燕燕飛來，問春何在？惟有池塘自碧。」
不僅顯現清淡與和諧，更表露一份可貴的「空靈」。燕聲與池碧，一
聽覺一視覺所交織的神思，令人飛越。

　　以上張炎所擷取的「清空」理念，以及高舉的詞人詞作，誠能見
到唐代自然詩的影子。

　　清李漁《窺詞管見》共二十二則，其中八、九兩則亦有自然詩論
的影子。其第八則曾云：

　　文貴高潔，詩尚清眞，況於詞乎？作詞之料！不過情景二
　　字，非對眼前寫景，即據心上說情，說得情出，寫得景明，
　　即是好詞。情景都是現在事，舍現在不求，而求諸千里之
　　外、百世之上，是舍易求難。〔註20〕

第九則又云：

　　詞雖不出情景二字，然二字亦分主客。情爲主，景是客，
　　說景即是說情，非借物遺懷。即將人喻物，有全篇不露秋
　　毫情意，而實句句是情。〔註21〕

李漁旨在宣揚詞必須情景交融、主客如一。其創作理念與唐代自然詩
如出一轍。

　　王國維《人間詞話》之境界說更能彰顯自然詩。《人間詞話》云：

　　然滄浪所謂興趣，阮亭所謂神韻，猶不過道其面目，不若
　　鄙人拈出境界二字爲探其本也。

又云：

　　境非獨謂景物也，喜怒哀樂亦人心中之一境界，故能寫眞

─────────────────

〔註20〕同註19，頁552。
〔註21〕同註19，頁553。

景物眞感情者，謂之有境界，否則謂之無境界。

其「境界」大要有三，一是眞，二是情，三是情景關係。〔註22〕凡是作者把自己所感知者，在作品中作鮮明眞切的表現，使讀者也可得到同樣鮮明眞切的感受者，稱之有境界。〔註23〕他有所謂有我之境、無我之境、造境、寫境，《人間詞話》中說：

> 有造境、有寫境，此理想與寫實二派之所由分，然二者頗難分別，因大詩人所造之境必合乎自然，所寫之境亦必隣於理想故也。有有我之境、有無我之境，「淚眼問花花不語，亂紅飛過秋千去」、「可堪孤館閉春寒、杜鵑聲裏斜陽暮」有我之境也。「采菊東籬下，悠然見南山」、「寒波澹澹起，白鳥悠悠下」無我之境也。有我之境，以我觀物，故物皆著我之色彩。無我之境，以物觀物，故不知何者爲我，何者爲物。古人爲詞，寫有我之境者多，然未始不能寫無我之境，此在豪傑之士能自樹立耳。無我之境，人惟於靜中得之，有我之境，於由動之靜時得之，故一優美，一宏壯也。自然中之物互相關係，互相限制，然其寫之於文學及美術中也，必遺其關係限制之處，故雖寫實亦理想家也，又雖如何虛構之境，其材料必求之於自然，而其構造亦必從自然之法律，故雖理想家亦寫實家也。

我們可以發現不管是造境、寫境、有我之境或無我之境，文學當以「有境界」爲最高理想，要達到「有境界」，惟有遺其關係限制，即是能夠「從自然之法律」，能夠超越現實利害，遺去時空限制關係，能對景窮觀極照，使自己精神融入，再將景融入自己精神內涵中，成爲胸中丘壑，由景之貌，以傳景之神。如此，也就無所由分寫實與理想了。他特別提示無我之境端賴「豪傑之士能自樹立耳」，爲人所不易成就。雖然沒有分別性的評價有我與無我之境的優劣，但可以肯定的是他十分注視那爲人所不易成就的「無我之境」。

〔註22〕同註15〈王國維人間詞話新論〉。
〔註23〕見葉嘉瑩《王國維及其文學批評》（台北：源流），頁221。

　　「無我之境」表現出泯除人我的對立，並非指作品中絕對沒有我的存在。我之存在好像一面靈明的鏡子，把物反映。〔註24〕在傳統各種題材的詩作，不可諱言的，自然詩是最能相應此一理論。自然詩其主觀感情客觀的景物合一，以客觀景物之形相為自己之形象，情景交融，泯然一體，達於物我無對立的和諧境界。自然詩可以說是最能夠提供「無我之境」的寫照。

　　王國維《宋元戲曲史》說：

　　　若元之文學，則固未有尚於其曲者也。元曲之佳處何在？
　　　一言以蔽之，曰：自然而已矣！古今之大文學，無不以自
　　　然勝，而莫著於元曲。

又說：

　　　元南戲之佳處，亦一言以蔽之，曰：自然而已矣。申言之，
　　　則亦不過一言，曰：有意境而已矣。

從以上二段文字，我們又發現王國維追求境界，乃在於要求是否合於自然。一切足以傷自然之美的典故、韻律、對偶……等人工雕琢，應該都是背道而馳的。凡是像元曲能自然即是好文學。此處所謂「自然」當指境界及表現，不只落在現象的田園山水之自然景物。

　　王國維又主張「不隔」，《人間詞話》云：

　　　間隔與不隔之別。曰陶謝之詩不隔，延年則稍隔矣；東坡
　　　之詩不隔，山谷則稍隔矣。「池塘生春草」，「空梁落燕泥」
　　　等二句，妙處唯在不隔。

「不隔」亦是唐代自然詩的一份內省，充分反映出詩人內在生命與環境事物融合一致，寧靜淡遠的景相，予人有真切的感受。

　　明朱權〈丹丘先生曲論〉〔註25〕中談「古今群英樂府格勢」曾對元一百八十七位曲家述評，所下的評語雖脫離不了印象式的批評方式，然其中值得特別注意是全以自然景觀自然生態作譬喻。如寫張小山「如瑤天笙鶴」、寫貫酸齋「如天馬脫羈」、寫鄧玉賓「如幽谷芳蘭」、滕玉

〔註24〕同註15，頁66，引涂經詒博士論文。
〔註25〕參見任中敏編《新曲苑》（台北：中華）。

霄「如碧漢閑雲」……所使用的評語「竹裏鳴泉」、「桂林秋月」、「孤雲野鶴」、「松陰鳴鶴」、「清風爽籟」、「玉樹臨風」、「遠山疊翠」、「花裏啼鶯」、「雲林樵響」、「荷花映水」、「鷹陣驚寒」……，幾乎全都來自自然詩句。他也對當代國朝十六位曲家作評論，亦是一貫以「春風飛花」、「秋風桂子」之類的詩句做爲批評的語言，實可與唐司空圖以自然詩句建構詩的風格論相輝映，而無疑地都承繼了自然詩，深受其影響。

任二北《曲海揚波》（卷三）在比較《拜月亭》、《西廂記》、《琵琶記》時，曾特別申明「化工」與「畫工」。他說：

> 拜月、西廂化工也，琵琶畫工也。夫所謂化工者，以其能奪天地之化，而其孰知天地之無工乎？今夫天之所生，地之所長，百卉具在，人見而愛之矣。至覓其工了不可得，豈其智固不能得之歟？要知造化無工。……由此觀之，畫工雖巧，已落二義矣。……風行水上之文，決不在於一字一句之奇，若天結構之密，偶對之切，依於理道，合乎法度，首尾相應，虛實相生，種種禪病，皆所以語文，而皆不可以語於天下之至文也。〔註26〕

他以爲一切的人爲雕琢經營，皆是禪病，終究語盡而意亦盡，語竭而味索然亦隨之竭罷了。曲的表現技巧貴在「化工」，與天地之化同然。初皆非有意於爲文，不待躁進，「一旦見景生情，觸目與歟」，〔註27〕純是自然流露，誠如四時之行，百物之生，天何言哉？他更說：「今古豪傑，大抵皆然。小中見大，大中見小，舉一毛端，建寶王刹。坐微塵裏，轉大法輪。此自至理，非干戲論。倘爾不信，中庭月下，木落秋空，寂寞書齋，獨自無賴，試取琴心，一彈再鼓，其無盡藏，不可思議，工巧固可思也。嗚呼！若彼作者，吾安能見之歟？」〔註28〕

此一體悟自然之情的「化工說」，實與唐代自然詩之創作理念如一。雖是一龐大雜劇，倘求流傳千古，與之詩作亦然，貴在「自然」。

〔註26〕同註25，頁817。
〔註27〕同註25，頁818。
〔註28〕同註25，頁818。

唯有在大自然的實境中，如「中庭月下，木落秋空，寂寞書齋，獨自無賴，試取琴心，一彈再鼓」才能碰觸到「化工」的眞髓。

第三節　對其他藝術的影響

一、對山水畫與文人畫的影響

　　唐代山水畫自六朝釋道人物畫之客體地位解脫，經初唐李思訓父子青綠山水的耕耘，直至最具影響的王維，山水畫才勃然大起，下開宋、元中國山水畫的黃金時代。王維詩畫的結合，是山水畫再創新猷的主因。同是以自然山川田園爲素材的山水畫與自然詩，它們本質上的融合，不在表象的形式，如題畫詩。而是畫作中具有靈性、思想與內涵，更具詩情，誠如黃山谷〈題李公麟畫〉云：

　　　　李侯有句不肯吐，淡墨寫出無聲詩。

自然詩影響山水畫，至爲明顯。第一，二者的描寫題材一致。第二，自然詩所描寫的不外是田園、山水與隱逸，而表現出空靈、沖淡、和諧的自然境界，此亦正是山水畫所欲表現的。由於自然詩經過盛、中唐的充分發揮，才把初唐所奠立的山水畫，推上層樓，也因此北宋一開國，山水畫人才輩出，成果豐碩，造就了山水畫的世代。

　　所以陳瑞源曾說：「唐後中國繪畫尚水墨，山水畫躍登繪畫之主位，及至宋而燦爛光輝，其成因之一爲中國有源遠流長的山林文學作山水畫的先導醞釀。」〔註29〕

　　以下特別要說明的是自然詩如何開拓山水畫另一個開濶的局面。

　　最主要的是對自然美的再發現。

　　自然詩可貴的是能情景交融，重神韻，講意境，寫景即寫情。這正是宋以後山水畫勃興時，評畫者以爲必須「平淡天眞」、「悠然野趣」的論點，乃山水畫所要追求表現的「意趣」之所在。意是畫家主觀寄

〔註29〕見陳瑞源〈中國造園與中國山水畫之相關研究〉《幼獅月刊》三十六卷三期。

寓於景的思想，趣是山水田園客觀的眞趣。後世山水畫突破的關鍵即在此一意與趣的結合，所造成的美的境界。因爲，倘沒有情景交融，那山水田園即爲死的標本。儘管山水畫表現自然地理的準確性，但重要的是在表現人，表現人自然的思想情感。唐以後的山水畫家們，能成其大家，蔚成風氣，無不是承此傳統，誠如張璪「外師造化，中得心源」八字。

中國文人畫並非單指某一畫派，或某一特定的畫風，而是指在繪畫的內容與形式中，更能表現出一特殊的質性，誠如陳師曾云：﹝註30﹞

> 即畫中帶有文人之性質，含有文人之趣味，不在畫中考究藝術上之工夫，必須於畫外看出許多文人之感想，此之所謂文人畫。

又如虞君質稱：﹝註31﹞

> 所謂中國的文人畫，是畫家借大自然的山水風物來表現自己的靈魂的一種畫法。

簡言之，是能解脫於寫實上的形似而獲得神會，畫出自然萬物之所以成其自然萬物的生命與性情，而非塊然無情之物。在中國繪畫史上，宋代可說是文人畫論最完整的開始，而宋代文人畫論又當以蘇軾爲中心，﹝註32﹞他〈書鄢陵王主簿所畫折枝〉二首之一曾云：

> 論畫以形似，見與兒童隣。賦詩必此詩，定知非詩人。
> 詩畫本一律，天工與清新。邊鸞雀寫生，趙昌花傳神。
> 何如此兩幅，疏淡含精勻。誰言一點紅，解寄無邊春。

以爲一般人論畫只求形似，捨神而論形，當然是「見與兒童隣」。其實，他主張繪畫在超越形似以後神形相融的形似；作品是離不開自然的，貴在自然萬物之形似，而且更能超越而獲得自然境界者。此誠是盡工巧之能事的寫實過渡到以寫意爲主的所謂文人畫。

之所以使文人畫風勃然而起，一則是水墨山水畫技法提高之故，

﹝註30﹞見陳師曾〈文人畫之價值〉《中國文人畫之研究》（影印本）。
﹝註31﹞見虞君質《藝術概論》（台北：大中國），頁150。
﹝註32﹞參見徐復觀《中國藝術精神》（台北：學生），頁357。

更重要的即爲上述形神兼融、情與景會、意與象通的繪畫思潮使然。
以下試就唐代自然詩對文人畫之影響，加以闡述。

《中國文人畫之研究》姚華序云：

> 自書畫分流而畫爲工，人之事典籍所徵，雖兩京六代不乏
> 名者，大都習其軌則，因仍不變。始變者相傳起唐王右丞，
> 援詩入畫，然後趣由筆生，法隨意轉，言不必宮商而邱山
> 皆韻，義不必比興而草木成吟。

陳衡恪其〈文人畫之價值〉亦云：

> 文人畫由來久矣，自漢時蔡邕、張衡輩，皆以畫名，雖未
> 睹其畫之如何，固已載諸史籍。六朝莊老學說盛行，當時
> 之文人含有超世界之思想，欲脫離物質之束縛，發揮自由
> 之情致，寄託於高曠清靜之境，如宗炳、王徽其人者，以
> 山水露頭角，表示其思想與人格。……漸漸發展至唐之王
> 維、張洽、王宰、鄭虔輩，更蔚然成一代之風，而唐王維
> 又推爲南宗之祖，當時詩歌論說，皆與畫有密切之關係。
> 流風所被，歷宋、元、明、清，緜緜不絕，其苦心孤旨，
> 蓋從可想矣。

王維對文人畫實具關鍵，尤其是以詩入畫；由於詩的生命豐富了畫
境，使畫在求其形似的歷程，轉注於形神兼蓄，情景交融，而著重於
畫意。畫確實豐富了詩的生命，所謂「詩中有畫」（見上章）。相同地，
詩也因此影響了畫論以及畫風，所謂「畫中有詩」，畫是實，詩是虛；
具體實物的捕捉之餘，更須那虛的空靈妙用。畫中帶有韻外之致，不
僅羅列自然萬物，更能表其態傳其神，而不只盡一切之工巧。王維是
關鍵，以他爲首的自然詩風，亦深具影響地位。自然詩寫自然之田園
山川，不僅貴得形似，更求其神似，表現所以然而然的自然境界。它
並非白描，在田園山水的描繪中，不斷寫出情與境合的自然之意，不
但表現自然萬物之意，亦流露詩人內心之情。如此的創作理念與之勃
發的文人畫之創作，可謂不言而喻。

可惜後世文人畫只徒畫外之致，忽略了基根的形似，不知作品與

自然萬物的密切關係，不知「神」必須依附於「形」始存。文人畫的誤入歧途，也因此葬送了五、六百年來中國繪畫不再有唐宋的輝煌。

再者，文人畫顧名思義，必有文人氣質，當不乏有詩書之味。從此一角度看，自然詩之神韻及其意境，正是文人畫所追求的。其借自然山水風物表現自我的風格，更是自然詩中，情景交融，物我泯除，即物即我的表現。

最後願引俞劍華一段評語作爲小結：〔註33〕

> 王維以詩境作畫，賦予中國畫以新生命，遂由宗教化而入於文學化。此種文學化之畫，遂日漸擴充，而佔領藝術界之至，不特因此開中唐以後之風氣，而且立一千餘年文人畫之基礎，以形成東方特有之藝術，矯然獨立於世界。王維開創之功，可謂偉矣。

二、對園林藝術的影響

唐代自然詩間接影響之一是中國的園林藝術。中國園林是一種自然山水式園林，追求天然之趣是中國造園藝術的基本特徵。它把自然的美與人工的美高度地結合起來，把藝術的境界與現實的生活融合爲一體。形成了一種把社會生活、自然環境、人的情趣與美的理想都水乳交融般地交織在一起的，既可望可行，又可遊可居的現實的物質空間，這確實是人類在認識、利用和改造自然上的一個偉大的創造。〔註34〕在如此園林行、望、居、遊中，感受到的彷彿是一首描寫自然美景的詩歌，也彷彿是一幅可以身歷其境的立體山水畫。

中國園林藝術是繪畫與文學結晶而成的美景。是凝聚著中國人的美學觀和思想感情，根據繪畫和文學的藝術意念所追求和創造的美的世界。陳從周曾謂「中國的園林是從中國文學、中國畫中得來的。」又說：「園林是一首活的詩，一幅活的畫，是一個活的藝術品。」〔註35〕畫是

〔註33〕見俞劍華《中國繪畫史》（台灣：商務），頁 109。
〔註34〕見《中國園林建築研究》（台北：丹青），頁 29。
〔註35〕見陳從周〈中國園林藝術與美學〉《美學與藝術》（台北：木鐸），頁

紙上的東西，詩文文字上的東西，園林更是立體的繪畫，再現的自然詩。
程兆熊《論中國庭園花木》一書自序云：〔註36〕

> 將中國之庭園花木，視爲一體，亦正如將中國之山河大地
> 視爲一體。

又說：

> 中國的性情生命又是來自中國的庭園花木，此所以是，一
> 葉一菩提，一花一世界。一個庭園則是一個天地……而以
> 一個庭園安頓一己的生命。

　　雖然園林藝術是由人所創造的「人工環境」，但它從自然的花木
石屋之間，卻給人有詩畫的意境。漢以前園林文獻缺乏，從兩漢起記
載漸多，〔註37〕如劉敦楨《蘇州古典園林》一書說：〔註38〕

> 如劉武（梁武帝）袁廣漢及梁冀等人的園林，均開池築山，
> 模仿自然。劉武的兔園，宮觀相聯，延互數十里。袁氏園
> 中房屋徘徊連屬，重閣修廊，行之移晷不能遍。

可是中國園林藝術逮至唐中葉，文人畫興起，才見完整的建立。劉敦
楨亦說：〔註39〕

> 至唐中葉遂有文人畫的誕生，而文人畫家往往以風雅自居，
> 自建園林，將「詩情畫意」融貫於園林之中，如宋之問、王
> 維、白居易等都是當時的代表人物。從思想實質上說，所謂
> 「詩情畫意」，是當時官吏財主和文人畫家將詩畫中所表現
> 的情調，應用到園林中去，創造一些他們所愛好的意境。

宋代更是中國山水畫的全盛時刻，也因此園林藝術與之山水繪畫更爲
密切。山水繪畫所表達的是文人畫家理想中的山水意境，而園林依山
水繪畫而造建，從自然而生無窮的幻象，顯現其創造性與藝術性。儘

349。

〔註36〕見程兆熊《論中國庭園花木》（台北：明文）自序。
〔註37〕參見陳惠玲〈黃山——西嶽畫入園中〉《自由青年》七十五卷第二
　　　　期。
〔註38〕見劉敦楨《蘇州古典園林》（台北：尚林），頁3。
〔註39〕同註38。

管素來中國園林有皇家園林、私家園林之分:一是位於郊外,規模宏大,在自然山水的基礎上加以整理改造。一是建在市中,占地狹小,是小空間處理。然二者有一共通之處,即是「摹仿自然」,表現出清高、風雅的思想情趣。形而下地說,它能夠捕捉住那美麗的自然山川田園。形而上地說,是將自然山水花草樹木,依其質性而自然的座落擺置,呈現出自然的意境。乃「造景隨形」,對自然妙處加以發揮,或模仿自然而不失其眞。〔註40〕

中國園林與山水畫、自然詩之創作態度是一致的,不但是表現自然,更通過自然而表現自我,此乃情景交融。素來中國園林主人多擅詩畫,他們將詩中之意境,移之作畫、造園,於是無情有情、物我交融,經由感情的移入,山水畫、造園已由純粹之寫境而趨重於造景造境,境由景生,景以境出,賦出一種活潑的生機。〔註41〕

唐以前的莊園制度曾是自然詩發生的原因之一,逮自然詩風蔚然而起,詩人們徜徉莊園,無形中也予莊園更大的關懷。園林發展至此,除吸取六朝的養份,更獲根植於此現實土壤的關懷,終於開放出奪目的奇葩。

以現存蘇州大片的私家園林,如拙政園、網師園、留園、獅子林等遺址,我們仍能看出其造詣,眞像一首首空靈澹遠的自然詩,一幅幅栩栩如生的山水畫。其建築本身布局、空間處理,無不崇尚自然。不僅能夠與自然和諧如一,更能應變於各種自然環境,展現自然的意境。這都該是人文、畫家、造園師對自然山水的追求與體悟而得。

小 結

根據唐以後的宋詩、元曲為例,我們找到不少的自然詩遺風,我們發現每一個時代都免不了有這類題材的創作,以及這種與萬物齊一

〔註40〕同註29。
〔註41〕同註29。

的自然意識的流露，可知文學之勞動至上論是有偏頗的。

　　第二節談對後世詩論的影響，再一次爲神韻一派常久被人譏爲空洞無內容的含糊批評作撥亂反正的佐證。唐代自然詩可以提供這一派詩論有進一步具體的解說，貢獻匪淺。

　　第三節談對園林、繪畫藝術的影響中，不難發現中國美學的理論基礎是相通的，一言以蔽之，曰「自然」。中國藝術境界的誕生都根植於這一個活潑的自然心靈。承繼這心靈，是我們現代文明危機的唯一曙光。

第七章　結　論

鍾嶸《詩品・序》云：

嘉會寄詩以親，離群托詩以怨。至於楚臣去境，漢妾辭宮，
或骨橫朔野，魂逐飛蓬；或負戈外戍，殺氣雄邊；塞客衣
單，孀閨淚盡；或士有解佩出朝，一去忘反；女有揚蛾入
寵，再盼傾國。凡斯種種，感蕩心靈，非陳詩何以展其義？
非長歌何以騁其情？

主張詩歌是現實生活的反映，或悽艷的閨情，或異域的情調，或慷慨
的高歌，或寒士的苦吟，只要是感蕩心靈，每一個現實生活都將是詩
歌創作的來源。因此，我們也肯定樂好自然者——面對大自然之田園
山水，感蕩其生命、力量與美感，接受其永恆普遍的光照，所吟詠出
主客合一、情景交融之沖淡清靜的自然詩，亦不失為生活的反映。更
可貴的是它又兼有抒情與說理的功效，既可抒發人根源之自然真情，
又能開發人本有的自然之性；既可漱滌循吏的煩抱，亦能啟迪開明進
步的為政者之靈性，我們又能說它無社會性、是避世、是消極麼？

　　唐代自然詩亦是一自然的個體人之真實的寫照。它可以忘懷人間
世的一切；有無意於得失之「沖淡」、「曠達」與「疏野」，有同為天
地萬物一樣之「和諧」且富有「生意」，這是唐代自然詩為他人所望
塵莫及處。聞一多《唐詩雜論》辯駁孟浩然的隱居，純然是為著一個

浪漫的理想、爲著一個契合神聖的理念而隱居，他說：

> 我們似乎爲獎勵人性中的矛盾，以保證生活的豐富，幾千
> 年來一直讓儒道兩派思想維持著均勢，於是讀書人便永遠
> 在一種心靈的僵局中折磨自己。〔註1〕

自然詩乃解脫、超越矛盾而獲得統一、自由與安定，顯現「人」之所以爲「人」之最尊嚴最莊重的意義與價值。我們在自然詩中，可以解脫一切的羈絆，像照鏡子般的自視，而看到鳶飛於天、魚游於淵的自己，既愜意又自如！

　　然而唐代自然詩也有它不周延欠落實的地方，主要因素乃在於所展現的神韻觀，畢竟是抽象的東西，很難用一客觀的概念或標準予以衡量，誠如本篇第二章談其義界，實屬抽象的說、理論的說，倘一落到對一首詩是否是自然之情景交融的省察，可能會有異議。它有兩個不良的可能：

一、純粹白描

　　雖寫出大自然的和諧，一片欣欣向榮的生意，其實內心一點感動也無，純是對大自然的素描罷了。像陳貽焮就指責儲光羲僅是景物情事的粗略描寫。〔註2〕所以施補華《峴傭說詩》曾有警語：

> 凡作清淡古詩，須有沈至之語，樸實之理，以爲之骨，可
> 乃不朽。非然，則山水清音，易流於薄，且白腹人可以襲
> 取。

由於骨髓不易捉摸，故有魚目混珠的可能。

二、故作吞吐

　　所呈現空靈幽靜看似清淡的境界，其實是詩人故作沖淡的吞吐，卻內藏有複雜的心曲。如王昌猷以爲大自然山水對韋應物來說，只是暫時的身心養息所，並不曾銷磨掉他作爲一個正直官吏積極用世的精

〔註1〕 見聞一多《唐詩雜論》（北平：古籍），頁33。
〔註2〕 參見陳貽焮〈王維的山水詩〉《唐詩論叢》（湖南：人民），頁142～
　　　152。

神。〔註3〕誠如他的〈夏至避暑北池〉云：

> 晝晷已云極，宵漏自此長。未及施政教，所憂變炎涼。
> 公門日多暇，是月農稍忙。高居念田里，苦熱安可當。
> 亭午息群物，獨遊愛方塘。門閒陰寂寂，城高樹蒼蒼。
> 綠筠尚含粉，圓荷始散芳。於焉灑煩抱，可以對華觴。

大自然山水的意義對他來說，只在於「灑煩抱」罷了。如此暗藏的複雜心曲，往往不為人知，這是我們面對自然詩所不可不考慮的。

〔註 3〕參見王昌猷〈論韋應物、柳宗元的山水詩〉《唐詩探勝》霍松林、林從龍編，（河南：古籍），頁249～258。

附錄：本書引用唐代自然詩索引

酬張少府	〃	62,80,101
送梓州李使君	〃	114
登裴秀才迪小台	〃	102,104,111
過香積寺	〃	80
過感化寺曇興上人山院	〃	114
夏日過青龍寺謁操禪師	〃	48
山居秋暝	〃	63,,80,92,94
終南別業	〃	17,61,82,97,109
歸嵩山作	〃	83,90,107,115
歸輞川作	〃	104
山居即事	〃	62,82,91
終南山	〃	82,107,110
輞川閒居	〃	61,102
漢江臨汎	〃	83,110
汎前陂	〃	88
秋夜獨坐	〃	114
遊化感寺	127	80
輞川別業	128	69
積雨輞川莊作	〃	66,92,107
文杏館	〃	32
鹿柴	〃	37,78,93,108,115
木蘭柴	〃	102,110,115
南垞	〃	78
欒家瀨	〃	15,64,103,108
北垞	〃	109
竹里館	〃	12,13,37,59,78,108,
辛夷塢	〃	15,20,37,77,95,102,108,115
鳥鳴澗	〃	15,37,63,66,93,101,102,115,116

	採菱詞	〃	72,73,107
	霽後貽馬十二巽	〃	104
	泛茅山東溪	〃	96,104
	偶然作（十首之三）	137	85
	田家即事	〃	75
	田家雜興（八首之二）	〃	74
	田家雜興（八首之七）	〃	25,85
	田家雜興（八首之八）	〃	25,74
	詠山泉	139	37,62
	尋徐山人遇馬舍人	〃	113
常建	宿王昌齡隱居	144	105
	仙谷遇毛女意知是秦宮人	〃	111
	漁浦	〃	59
	題破山寺後禪院	〃	37,76,89,97
	三日尋李九莊	〃	80,119
陶翰	宿天竺寺	146	114
劉長卿	寄龍山道士許法稜	147	88,104
	送方外上人	〃	29
	送靈澈上人	〃	29
	過前安宜張明府郊居	〃	70,88
	尋南溪常山道人隱居	148	29,84,89
	罷攝官後將還舊居留辭李侍御	150	52
	題靈祐和尚故居	151	37
	避地江東留別淮南使院諸公	〃	52
李華	春行寄興	153	77
孟浩然	秋登蘭山寄張五	159	107
	夏日南亭懷辛大	〃	117
	尋香山湛上人	〃	45
	宿業師山房待丁大不至	〃	105
	耶谿泛舟	〃	113

	終南山雙峯草堂作	〃	113
	終南東溪中作	200	4
高適	同薛司直諸公秋霽曲江俯見南山作	212	106
杜甫	江村	226	86
	客至	〃	86
閻防	百丈谿新理茅茨讀書	253	103
劉慎虛	闕題	256	59,114
司空曙	江村即事	292	64,80,88
柳宗元	種柳戲題	352	54
	溪居	〃	68
	江雪	〃	20,54,78,79
	漁翁	353	54,60,79,88
白居易	遊石門澗	430	97
	遺愛寺	439	64
章孝標	長安秋夜	506	85
王駕	社日	690	74
錢珝	江行（一百首之九十八）	712	85

參考書目

一、專　書

1. 《全唐詩》，清聖祖敕撰，文史哲。
2. 《全唐詩外編》，木鐸。
3. 《唐賢三昧集箋註》，廣文。
4. 《中國山水田園詩詞選》，君實編，純真。
5. 《詩人玉屑》，魏慶之撰，商務。
6. 《唐詩紀事》，計有功撰，木鐸。
7. 《唐音癸籤》，胡震亨撰，木鐸。
8. 《唐詩別裁》，沈德潛選，商務。
9. 《唐宋詩舉要》，高涉瀛撰，學海。
10. 《中國詩學》，程兆熊撰，香港鵝湖。
11. 《中國詩學》，劉若愚撰杜國清譯，幼獅。
12. 《中國詩學》（設計等四篇），黃永武撰，巨流。
13. 《詩論》，朱光潛撰，開明。
14. 《詩論新編》，朱光潛撰，洪範。
15. 《中國詩學縱橫論》，黃維樑撰，洪範。
16. 《中國古典詩歌評論集》，葉嘉瑩撰，源流。
17. 《古典詩詞藝術探幽》，夏紹碩撰，漢京。
18. 《詩心》，黃永武撰，三民。
19. 《詩與美》，黃永武撰，洪範。
20. 《近體詩發凡》，張師夢機撰，中華。
21. 《思齋說詩》，張師夢機撰，華正。

22. 《詩詞例話》，周振甫撰，南琪。

23. 《采菊東籬下》，陳幸蕙撰，故鄉。

24. 《山水與古典》，林文月撰，純文學。

25. 《澄輝集》，林文月撰，洪範。

26. 《由隱逸到宮體》，洪順隆撰，文史哲。

27. 《六朝詩論》，廖蔚卿撰，聯經。

28. 《陶淵明研究資料與詩文彙編》，明倫。

29. 《陶淵明》，梁啓超撰，商務。

30. 《田園詩人陶淵明》，郭銀田撰，華新。

31. 《陶詩新論》，高大鵬撰，時報。

32. 《謝靈運》，船津富彥撰譚繼山譯，萬盛。

33. 《陶謝詩之比較》，沈振奇撰，學生。

34. 《禪學與唐宋詩學》，杜松柏撰，黎明。

35. 《唐詩研究》，胡雲翼撰，華聯。

36. 《唐詩概論》，蘇雪林撰，商務。

37. 《唐詩選講》，劉逸生撰，木鐸。

38. 《江南江北》，張師夢機等註，長橋。

39. 《王維》，伊藤正文撰譚繼山譯，萬盛。

40. 《空靈的腳步》，吳可道撰，楓城。

41. 《一代高人王右丞》，韓文心撰，莊嚴。

42. 《孟浩然詩說》，蕭繼宗撰，商務。

43. 《柳宗元研究資料彙編》，明倫。

44. 《山水知己柳宗元》，林子鈞撰，莊嚴。

45. 《岑參研究》，史師墨卿撰，商務。

46. 《李賀詩研究》，楊文雄撰，文史哲。

47. 《詩品集解》，清流。

48. 《司空圖詩品衍繹》，詹幼馨撰，仁愛。

49. 《滄浪詩話校釋》，嚴羽作郭紹虞校釋，河洛。

50. 《中國詩的神韻格調及性靈說》，郭紹虞撰，河洛。

51. 《王漁洋詩論之研究》，黃景進撰，文史哲。

52. 《歷代詩話》，何文煥輯，漢京。

53. 《續歷代詩話》，丁仲祐編，藝文。

54. 《清詩話》，丁仲祐編，藝文。

55. 《續清詩話》，郭紹虞編，木鐸。

56. 《詩論分類纂要》，朱任生編，商務。

57. 《百種詩話類編》，臺靜農編，藝文。

58. 《詩話初探》，龔師顯宗撰，鳳凰城。

59. 《詩話續探》，龔師顯宗撰，復文。

60. 《清代詩學初探》，吳宏一撰，牧童。

61. 《宋詞三百首箋注》，唐圭璋箋註，明倫。

62. 《詞話叢編》，唐圭璋編，廣文。

63. 《元曲三百首箋》，羅忼烈箋註，明倫。

64. 《新曲苑》，任中敏編，中華。

65. 《文學概論》，本間久雄撰，開明。

66. 《文學概論》，洪炎秋撰，華岡。

67. 《文學概論》，王夢鷗撰，帕米爾。

68. 《文學概論》，劉萍撰，華聯。

69. 《文學散步》，龔鵬程撰，漢光。

70. 《文學研究法》，丸山學撰郭虛中譯，商務。

71. 《文學理論資料匯編》，華諾。

72. 《文心雕龍注》，劉勰撰，學海。

73. 《王靜庵文集》，王國維撰，僶勉。

74. 《中國文學批評史》，羅根澤撰，明倫。

75. 《中國文學批評史》，郭紹虞撰，粹文堂。

76. 《中國文學批評新論》，郭紹虞撰，元山。

77. 《照隅室古典文學論集》，郭紹虞撰，丹青。

78. 《中國文學批評通論》，傅庚生撰，華正。

79. 《中國文學批評史大綱》，開明。

80. 《中國文學批評家與文學批評》，朱東潤撰，學生。

81. 《談藝錄》，錢鍾書撰。

82. 《中國文學批評年選》，柯慶明編，巨人。

83. 《中國文學理論》，劉若愚撰杜國清譯，聯經。

84. 《中國文學研究叢編（一）》，錢鍾書等撰，香港龍門。

85. 《抒情的境界（《中國文化新論・文學篇》一）》，劉岱主編，聯經。

86. 《意象的流變（《中國文化新論・文學篇》二）》，劉岱主編，聯經。

87. 《唐代詩評中風格論之研究》，黃美鈴撰，文史哲。

88. 《明初詩文論研究》，龔師顯宗撰，華正。

89. 《王國維及其文學批評》，葉嘉瑩撰，源流。

90. 《人間詞話研究彙編》，何志韶編，巨浪。

91. 《翻譯與語意之間》，黃宣範撰，聯經。

92. 《二度和諧及其他》，施友忠撰，聯經。

93. 《境界的再生》，柯慶明撰，幼獅。

94. 《飲之太和》，葉維廉撰，時報。

95. 《中西比較文學論集》，鄭樹森編，時報。

96. 《文學理論與比較文學》，鄭樹森編，時報。

97. 《英美學人論中國古典文學》，中國古典文學翻譯委員會編，香港文大。

98. 《傳統的與現代的》，楊牧撰，洪範。

99. 《比較詩學》，葉維廉撰，東大。

100. 《記號詩學》，古添洪撰，東大。

101. 《解構批評論集》，廖炳惠撰，東大。

102. 《林綠自選集》，林綠撰，黎明。

103. 《中國文學發展史》，劉大杰撰，中華。

104. 《中國文學史》，鄭振鐸撰，漢學。

105. 《白話文學史》，胡適撰，樂天。

106. 《中國文學史》，復文。

107. 《中國詩史》，陸侃如、馮沅君撰。

108. 《中古文學史論》，王瑤撰，長安。

109. 《中國文化之精神價值》，唐君毅撰，正中。

110. 《中國哲學十九講》，牟宗三撰，學生。

111. 《自然與名教》，丘爲君撰，木鐸。

112. 《貞元六書》，馮友蘭撰。

113. 《文學的哲思》，曾師昭旭撰，漢光。

114. 《禪海之筏》，陳榮波撰，志文。

115. 《中國藝術精神》，徐復觀撰，學生。

116. 《美的沈思》，蔣勳撰，雄獅。

117. 《中國古代美學藝術論》，朱孟實等撰，木鐸。

118. 《中國古代藝文思想漫話》，徐壽凱撰，木鐸。

119. 《美的歷程》，李澤厚撰，元山。

120. 《美學與藝術》，陳從周等撰，木鐸。

121. 《莊子藝術精神析論》，顏崑陽撰，華正。

122. 《藝術概論》，虞君質撰，大中國。

123. 《美的範疇論》，姚一葦撰，開明。

124. 《美從何處來》，宗白華撰，元山。

125. 《文藝美學》，王夢鷗撰，遠行。

126. 《詩與畫》，戴麗珠撰，聯經。

127. 《中國繪畫史》，俞劍華撰，商務。

128. 《中國美術史》，大村西崖撰陳彬龢譯，商務。

129. 《唐宋繪畫史》，童書業撰，香港萬葉。

130. 《中國畫論類編》，俞崑編，河洛。

131. 《中國繪畫理論》，傅抱石撰，里仁。

132. 《中國文人畫家傳》，王家誠撰，巨流。

133. 《中國畫研究》，陳兆復撰，丹青。

134. 《李可染畫論》，李可染撰，丹青。

135. 《色彩學》，林書堯撰，三民。

136. 《論中國庭園花木》，程兆熊撰，明文。

137. 《蘇州古典園林》，劉敦楨撰，尚林。

138. 《中國園林建築研究》，丹青。

139. 《舊唐書》，劉昫等撰，商務。

140. 《新唐書》，歐陽修等撰，商務。

141. 《唐才子傳》，辛文房撰，廣文。

142. 《中國通史簡編》，范文瀾撰。

143. 《魏晉南北朝史》，王仲犖撰，仲信。

144. 《隋唐史新論》，林天蔚撰，東華。

145. 《隋唐史》，岑仲勉撰。

146. 《唐史研究叢稿》，嚴耕望撰，香港新亞。

147. 《唐詩雜論》，聞一多撰，北平古籍。

148. 《唐詩論文集》，劉開揚撰，上海中華。

149. 《唐詩論叢》，陳貽焮撰，湖南人民。

150. 《唐詩探勝》，霍松林、林從龍編，河南古籍。

二、學位論文與期刊論文

1. 〈唐詩形成的研究〉，方瑜，民國 59 年台大中研碩士論文。

2. 〈王維研究〉，陳一亞，民國 63 年香港珠海中研碩士論文。

3. 〈唐人隱逸風氣及其影響〉，劉翔飛，民國 67 年台大中研碩士論文。

4. 〈韋蘇州及其詩之研究〉，崔成宗，民國 69 年師大國研碩士論文。

5. 〈中國士人仕與隱的研究〉，陳英姬，民國 72 年師大國研碩士論文。

6. 〈詩佛王維之研究〉，林桂香，民國 72 年政大中研碩士論文。

7. 〈神韻派詩論之研究〉，易新宙，民國 72 年政大中研碩士論文。

8. 〈唐宋山水寫生精神之研究〉，林昌德，民國 72 年師大美研碩士論文。

9. 〈唐代山水小品文研究〉，陳啓佑，民國 74 年文大中研博士論文。

10. 〈隱士與受難者〉，朱炎，國科會獎助研究。

11. 〈詩歌創作過程的兩種模式：詩緣情與詩言志〉，鄭毓瑜，《中外文學》，十一卷九期。

12. 〈自然〉，顏崑陽，《文訊》，第十九期。

13. 〈境界〉，顏崑陽，《文訊》，第十八期。

14. 〈張心滄的中國文學研究〉，傅述先，《中外文學》，七卷四期。

15. 〈詩詞的當下美：論中國詩歌的抒情主流和自然境界〉，周策縱，《聯合文學》，第八期。

16. 〈中國田園詩的精神〉，程兆熊，《人生雜誌》，十四卷三期。

17. 〈自然詩與田園詩傳統〉，陳鵬翔撰、謝儷粹譯，《中外文學》，十卷七期。

18. 〈山水詩起源與發展新論〉，洪順隆，《幼獅文藝》，四十六卷三期。

19. 〈唐詩中的山水〉，李瑞騰，《古典文學論文集》第二集。

20. 〈唐詩中的禪趣〉，邱燮友，《古典文學論文集》第二集。

21. 〈禪宗理趣與道家意境〉，王邦雄，《鵝湖》，第一〇九期。

22. 〈論漢字作爲詩的表現媒介〉，杜國清，《中外文學》，八卷九期。

23. 〈論唐詩的語法、用字與意象〉，梅祖麟、高友工撰黃宣範譯，《中外文學》，一卷十～十二期。

24. 〈陶淵明與田園詩人〉，鄭騫，《文學雜誌》，七卷五期。

25. 〈田園詩派的形成與陶淵明田園詩的風格〉，王師熙元，《幼獅學誌》，十四卷二期。

26. 〈陶淵明詩的和諧境界〉，王師熙元，《中外文學》，五卷二期。

27. 〈從無弦琴談陶淵明的田園世界〉，呂興昌，《中外文學》，十二卷五期。

28. 〈論孟浩然〉，勞思光，《文學世界》，第二十五期。

29. 〈河嶽詩人孟浩然〉，劉甲華，《文史雜誌》，六卷一期。

30. 〈王維評價及其詩〉，陳秀清，《藝術學報》，第一期。

31. 〈試論王維詩中的世界〉，柯慶明，《中外文學》，六卷一～三期。

32. 〈山河大地在詩佛〉，李正治，《鵝湖》，第六期。

33. 〈談王維的辛夷塢〉，張春榮，《鵝湖》，第八期。

34. 〈王維的空靈和馬致遠的空無〉，黃敬欽，《幼獅文藝》，四十七卷二期。

35. 〈李太白與敬亭山〉，羅宗濤，《東方雜誌》，（復刊）十九卷七期。

36. 〈韋應物傳〉，萬曼，《國文月刊》，第六十一、六十二期。

37. 〈韋應物事跡繫年〉，羅聯添，《幼獅學誌》，八卷一期。

38. 〈柳宗元的獨釣之情〉，張春榮，《中華文藝》，十五卷四期。

39. 〈王孟柳韋詩說〉，夏敬觀，《中國詩季刊》，九卷四期。

40. 〈王孟齊名何以孟不及王？〉，簡恩定，《中外文學》，十四卷二期。

41. 〈晉末宋初的山水詩與山水畫〉，廖蔚卿，《大陸雜誌》，四卷四期。

42. 〈王維在山水畫史中地位演變的分析〉，莊申，《新亞學報》，七卷二期。

43. 〈中國書法理論的體系〉，熊秉明，香港《書譜》，第三十四～四十二期。

44. 〈中國造園與中國山水畫之相關研究〉，陳瑞源，《幼獅月刊》，三十六卷三期。

45. 〈中國人的庭園〉，漢寶德，74 年 9 月 24 日聯副。